KEVIN J. ANDERSON & REBECCA MOESTA

STAR WARS
YOUNG JEDI KNIGHTS™

DIE HÜTER DER MACHT

Aus dem Amerikanischen
von Manfred Weinland

vgs

Unseren Eltern
- Andrew & Dorothy Anderson
und Louis & Louise Moesta -
durch sie haben wir die wunderbare Welt der Bücher
kennen gelernt.

Danksagung

Unser Dank geht an Vonda N. McIntyre, die uns geholfen hat, die jungen Jedi-Ritter zu erschaffen. Tenel Ka und ihr Heimatplanet Dathomir verdanken ihre Existenz den Anregungen Dave Wolvertons. Lucy Wilson und Sue Rostoni bei Lucasfilm danken wir für ihre Ideen und dafür, daß sie uns die Möglichkeit verschafften, diese neue Serie in Angriff zu nehmen; Ginjer Buchanan und Lou Aronica bei Berkley/Boulevard für ihren Enthusiasmus an diesem Projekt; Brent Lynch, Gregory McNamee, Skip Shayotovich und der gesamten *Star Wars*-FidoNet Echo-Mailbox für ihr unerschöpfliches Reservoir an Jokes. Unser besonderer Dank geht an Lil Mitchell, die für uns Seite um Seite getippt hat, und an Jonathan MacGregor Cowan, der Qorl zu seinem Namen verhalf.

Der Text dieses Buches wurde nach den Regeln der neuen deutschen Rechtschreibreform verfasst.

Die Deutsche Bibliothek - CIP-Einheitsaufnahme

Star wars – young jedi knights. – Köln : vgs.

Die Hüter der Macht / Kevin J. Anderson & Rebecca Moesta.
Aus dem Amerikan. von Manfred Weinland. – 1. Aufl. – 1997
ISBN 3-8025-2458-6

Erstveröffentlichung bei
Boulevard edition,
a trademark of the Berkley Publishing Corporation - 1995
Titel der amerikanischen Originalausgabe:
STAR WARS - YOUNG JEDI KNIGHTS: HEIRS OF THE FORCE

1. Auflage 1997
© der deutschsprachigen Ausgabe:
vgs verlagsgesellschaft, Köln
Lektorat: Michael Neuhaus
Umschlaggestaltung: Papen Werbeagentur, Köln
Satz: Wolframs Direkt Medienvertriebs GmbH, Attenkirchen
Druck: Freiburger Graphische Betriebe, Freiburg
Printed in Germany
ISBN 3-8025-2458-6

1

Jacen Solo besuchte Luke Skywalkers Jedi-Akademie bereits einen Monat, ehe er es schaffte, sich so in seinem Zimmer einzurichten, dass es ihm gefiel.

Innerhalb des antiken Tempels auf dem Dschungelmond von Yavin 4 waren die Unterkünfte der Studenten feucht, dunkel und, besonders in den Nächten, kalt. Jacen und seine Zwillingsschwester Jaina hatten Tage damit verbracht, die moosbewachsenen Steinquader ihrer Quartiere abzuschrubben, glänzende Ziervertäfelungen anzubringen und transportable Eckenheizkörper aufzustellen.

Nun stand der Sohn von Han Solo und Prinzessin Leia im orangenen Morgenlicht, das durch die Fensterspalten der mächtigen Tempelmauern sickerte, und der Dschungel war erfüllt vom Kreischen der Vögel, die um ihr Insektenfrühstück stritten.

Wie jeden Morgen, bevor er aufbrach, um an Onkel Lukes Unterricht teilzunehmen, fütterte und zählte Jacen all die bizarren und exotischen Kreaturen, die er im unerforschten Dschungel von Yavin 4 aufgelesen hatte. Seine Vorliebe für ausgefallene Zimmergenossen war nicht zu übersehen.

An einer Wand des Raumes stapelten sich Schaukästen, Käfige und mit sprudelndem Wasser gefüllte Aquarien. Viele dieser raffinierten Konstruktionen stammten von Jacens handwerklich begabter Schwester, deren Erfindungsreichtum er schätzte, obwohl er nicht ganz nachzuvollziehen vermochte, wie sie mehr Gefallen an den Behältern als an den Geschöpfen darin finden konnte.

In einem der Käfige lärmten zwei Stintarils, auf Bäumen lebende Nagetiere, die vorstehende Augen und große, bedrohlich wirkende Mäuler mit extrem scharfen Zähnen besaßen. Stintarils jagten auf verborgenen Pfaden in Baumkronen, wurden niemals müde und fraßen beinahe alles, was den Fehler beging, nur lange genug stillzusitzen. Es hatte Jacen großen Spaß gemacht, diese beiden Prachtexemplare einzufangen.

In einem dampfdurchwobenen Behältnis waren kleine Krabben darin vertieft, aus klebrigem Schlamm komplizierte Unterschlüpfe mit schlanken Türmen und gewölbten Zinnen zusammenzufügen. Derweil tummelten sich in einer runden Wasserschale pinkfarbene Salamander, die schleimig, wässrig und formlos aussahen. Sobald sie sich jedoch auf eines der künstlichen Riffe an Land begaben, gerannen ihre Außenhäute zu einer weichen, geleeartigen Masse. Körper und Mäuler bildeten sich heraus, sodass sie in der Lage waren, im Gestrüpp nach Insekten zu jagen.

In einem weiteren, von starkem Maschendraht überspannten Käfig wimmelte es von blauschillernden Piranhakäfern, die unablässig versuchten, sich mit ihren scharfen Kiefern einen Weg ins Freie zu beißen. Draußen im Dschungel vermochte sich ein Schwarm dieser Käfer kaum hörbar an seine Beute heranzupirschen. Innerhalb von Minuten konnten sie selbst größere Tiere in einen Haufen abgenagter Knochen verwandeln. Jacen war stolz darauf, dass seiner Menagerie einige besonders muntere Exemplare dieser Gattung angehörten, zumal sie in Gefangenschaft normalerweise verendeten. Oftmals bestand Jacens schwerste Aufgabe nicht darin, seine exotischen Haustiere in den Käfigen zu halten, sondern zunächst einmal herauszufinden, worauf sie überhaupt Appetit hatten. Manchen genügten Früchte oder Blumen, andere waren ganz versessen auf blutige Fleischbrocken. Es kam sogar vor, dass stärkere Exemplare ihre Umzäunungen überwanden und die schwächeren fraßen – sehr zu Jacens Leidwesen.

Anders als Jacens und Jainas strenge Lehrer daheim auf dem überbevölkerten Planeten Coruscant war Luke Skywalker kein Verfechter einer strikten Studienordnung. Um ein Jedi zu werden, pflegte ihr Onkel zu erklären, musste man lernen, die vielen Teilmuster des Milchstraßen-Gobelins in ihrer Gesamtheit zu begreifen – nicht nur die starren, vorgegebenen Einzelstrukturen.

Deshalb hatte Jacen auch die Erlaubnis, in seiner freien Zeit das dichte Unterholz zu durchstreifen, sich Wege durch das blühende Dschungelgestrüpp zu bahnen, wunderschöne Insekten oder seltene und ungewöhnliche Pilze zu sammeln. So wie seine Schwester zu ihren Maschinen und Apparaturen, fühlte er sich seit jeher zu Tieren aller Art hingezogen. Mit seiner besonderen Gabe der Macht nahm er sie für sich ein, brachte sie dazu, auf ihn zuzukommen, sodass er sie in aller Ruhe studieren konnte.

Einige andere Jedi-Studenten – insbesondere der verzogene und lästige Raynar – waren nicht gerade begeistert von Jacens Privatzoo. Das hielt ihn jedoch nicht davon ab, sich weiterhin um die Geschöpfe, für die er die Verantwortung übernommen hatte, zu kümmern und von ihnen zu lernen.

Aus einem Reservoir, das Jaina an der Mauer befestigt

hatte, leitete er frisches Wasser in die Trinkschalen der einzelnen Käfige. Offenbar fühlte sich eine Familie purpurfarbener Springspinnen dadurch beunruhigt. Vor lauter Aufregung hüpften sie so hoch, dass sie immer wieder gegen die obere Netzabschirmung ihres Zuhauses prallten.

Jacens Finger strichen über die Drahtbespannung. "Nur die Ruhe. Kein Grund zur Aufregung." Tatsächlich stellten die Spinnen ihre nervösen Sprünge ein und nahmen schließlich Platz, um mit Hilfe ihrer langen Hohlfänge zu trinken.

Die Flüstervögel in einem der benachbarten Käfige waren unterdessen still geworden, wahrscheinlich drückte sie der Hunger. Jacen nahm sich vor, ihnen so bald wie möglich ein paar Nektarkelche von den Klettergewächsen zu pflücken, die auf der anderen Seite des Flusses an den zerfallenden Tempelmauern wucherten.

Allmählich wurde es Zeit, sich zu den morgendlichen Vorlesungen zu begeben. Jacen nahm Abschied von seinen Zimmergenossen, indem er mit den Fingern gegen die Stäbe und Scheiben einiger Behälter trommelte. Kurz bevor er sich endgültig abwandte, zögerte er noch einmal und warf einen Blick in den tiefstehenden Behälter, in dem für gewöhnlich eine Kristallschlange zusammengerollt auf ihrem Lager aus trockenen Blättern döste.

Die Schlange war ihrer Transparenz wegen beinahe unsichtbar, und Jacen konnte sie nur wahrnehmen, wenn er sie unter einem bestimmten Lichteinfall betrachtete. Doch wie sehr er sich an diesem Morgen auch bemühte, er konnte nicht einmal einen vagen Schimmer der gläsernen Schuppen erkennen, keine regenbogenfarbene Krümmung des Lichts, das sich um das durchscheinende Geschöpf schmiegte!

Alarmiert beugte er sich noch tiefer. Mit Entsetzen stellte er fest, dass die äußerste Ecke des Käfigs leicht nach oben gebogen war. Die Öffnung war ausreichend, um einen dünnen Schlangenkörper hindurchzulassen ...

"Das gefällt mir überhaupt nicht", murmelte Jacen, eine häufige Redewendung seines Vaters benutzend.

Kristallschlangen galten nicht wirklich als gefährlich – zumindest soweit Jacen bekannt war. Aus eigener Erfahrung wusste er, dass ihr Biss, begleitet von einem kurzen stechenden Schmerz, das Opfer in einen tiefen Schlaf fallen ließ. Obwohl man schon nach etwa einer Stunde wieder aufwachte und sich in der Regel danach nicht weiter krank fühlte, konnte dies genau der Anlass sein, auf den jemand wie Raynar gewartet hatte, um Ärger zu machen. Vielleicht würde es ihm sogar die Handhabe geben, Jacen endlich dazu zu zwingen, seine Menagerie in eines der abgelegeneren Lagermodule umzuquartieren.

Wie auch immer: Die Kristallschlange war jedenfalls weg!

Als er spürte, wie Panik in ihm aufstieg, rief Jacen sich eine von Onkel Lukes Entspannungstechniken in Erinnerung.

Es gelang ihm, wieder klar zu denken, und bald wusste er, was zu tun war: Seine Schwester würde ihm helfen, die Schlange einzufangen, bevor irgendjemand überhaupt Wind von der Sache bekam!

Er suchte die im Zwielicht liegende Halle auf und versicherte sich, dass niemand ihn beobachtete. Dann trat er in die nächstgelegene steinerne Türöffnung und spähte blinzelnd in die Schatten des Zimmers, das von seiner Schwester bewohnt wurde.

Eine komplette Wand von Jainas Quartier bestand aus

sorgfältig aufeinander gestapelten Behältern voller Ersatzteile, kybernetischer Sicherungen, elektronischer Schaltkreise und winziger Getriebe, die veralteten und demontierten Droiden entnommen waren. Außerdem hatte sie sich unbenutzte Batterien und Lenksysteme aus den tiefer liegenden Kammern des Pyramidentempels besorgt.

Der antike Tempel war einst das Hauptquartier von Rebellen gewesen, die sich, lange bevor die Zwillinge überhaupt geboren waren, im dichten Dschungel des ansonsten unbewohnten Mondes versteckt gehalten hatten. Prinzessin Leia hatte diesen Rebellen geholfen, ihren Stützpunkt gegen den waffenstarrenden Todesstern des Imperiums zu verteidigen. Han Solo war damals nur ein Schmuggler gewesen, aber letztlich war er es, dem Luke Skywalker sein Leben zu verdanken hatte.

Heute lag die Ausrüstung des aufgegebenen Rebellenstützpunkts mehr oder weniger unbeachtet herum, die Jedi-Schüler hatten keinerlei Verwendung für derlei Dinge. Einzig Jaina verbrachte ihre Freizeit damit, ausrangierte Teile zusammenzuschustern und auf einen neuen Nutzen hin zu erproben. Ihre Unterkunft war mit Ausrüstungsgegenständen so voll gestopft, dass Jacen sich kaum hineinzwängen konnte. Suchend schaute er sich um, doch auch hier konnte er kein Zeichen der flüchtigen Kristallschlange entdecken.

"Jaina", sagte er, "ich brauche deine Hilfe!"

Jacen bemühte sich, in dem düsteren Raum seine Schwester auszumachen. Er roch den beißenden Geruch durchgebrannter Sicherungen und hörte das Hämmern eines schweren Werkzeugs gegen etwas Metallisches.

"Hab eine Minute Geduld!" Jainas Stimme kam als hohles Echo aus dem tonnenförmigen Innern einer verrosteten Pumpe, die etwa die Hälfte des Quartiers einnahm. Jacen erinnerte sich, wie sie sich, mit Unterstützung ihrer durchtrainierten Freundin Tenel Ka, recht ungeschickt der Macht bedient hatten, um dieses Monstrum von einer Maschine durch die gewundenen Korridore zu manövrieren, damit Jaina fortan bis tief in die Nacht daran herumbasteln konnte.

"Beeil dich!", gab Jacen ungeduldig zurück.

Endlich wand sich Jaina rückwärts aus der Öffnung des Zuflussrohrs. Ihr glattes, dunkelbraunes Haar war mit einer schlichten Schnur zusammengebunden, um es aus dem schmalen Gesicht herauszuhalten. Ihre linke Wange zierten ein paar verschmierte Ölflecken.

Obwohl ihr schulterlanges Haar ebenso prachtvoll und kräftig wie das ihrer Mutter war, wollte sich Jaina nie die Zeit nehmen, es zu einer der liebreizenden Frisuren zu formen, für die Prinzessin Leia bekannt war.

Jacen bot ihr die Hand, um ihr auf die Beine zu helfen. "Meine Kristallschlange hat sich davongemacht! Wir müssen sie wiederfinden! Du hast sie nicht zufällig gesehen?"

Sie nahm nur schwach Notiz von seinen Äußerungen. "Nein, ich war hier beschäftigt. Aber ich bin bald fertig." Sie wies auf das matt schimmernde Aggregat. "Wenn alles so funktioniert, wie ich es mir vorstelle, werden wir die Pumpe bald im Fluss nahe dem Tempel installieren können. Das strömende Wasser wird die Räder antreiben und alle unsere Batterien aufladen." Einmal in Fahrt gekommen, sprudelten ihre Worte immer schneller. Jaina liebte es, technische Sachverhalte zu erklären.

Jacen versuchte sie zu unterbrechen. "Aber meine Schlange ..."

Ohne sich beirren zu lassen, fuhr sie fort: "Mit entsprechenden Vorrichtungen könnten wir Strom in verschiedenen Phasen in den Großen Tempel leiten und uns mit so viel Licht versorgen, wie wir brauchen! Wenn wir spezielle Proteinanreger hinzufügen, können wir auch Algen aus dem Wasser ernten und sie zu Nahrung weiterverarbeiten. Wir könnten sogar sämtliche Kommunikationssysteme der Akademie mit der erforderlichen Energie versorgen und ..."

Schließlich gelang es Jacen doch, sie zu unterbrechen. "Jaina, warum verbringst du deine ganze Zeit mit solchem Unfug? Wir verfügen doch über Dutzende von Konvertern aus dem alten Rebellenstützpunkt!"

Sie seufzte, als wollte sie ihm das Gefühl geben, etwas Wichtiges versäumt zu haben. "Ich konstruiere nicht nur nach der Nutzenfrage", wies sie ihn zurecht, "ich tue es in erster Linie, um herauszufinden, ob ich dazu *fähig* bin. Erst wenn ich das weiß, denke ich darüber nach, ob all das, was ich dabei lerne und erreiche, nützlich ist oder nicht!"

Jacen war sich nicht sicher, ob er verstand, was sie meinte. Aber andererseits würde seine Schwester sich auch niemals in seine Begeisterung für lebendige Wesen hineinversetzen können. "*Bis* du dahinter gekommen bist, Jaina, könntest du mir vielleicht helfen, meine Schlange zu finden? Sie ist verschwunden, und ich weiß nicht, wo ich mit der Suche nach ihr anfangen soll."

"Also gut." Jaina wischte sich die schmutzigen Hände an ihrer ohnehin schon verschmierten Arbeitskleidung ab. "Vorausgesetzt, die Schlange hat es geschafft, aus deinem Zimmer herauszukommen, ist sie vermutlich den Korridor hinunter."

Sie traten auf den lang gezogenen Flur und begannen ihre Suche in den dunklen Ecken des Ganges.

Jacens Unterkunft war der letzte Raum am Ende des Korridors, der von einer brüchigen Steinmauer abgeschlossen wurde. Doch keiner der Mauerrisse war groß genug, um der Kristallschlange Unterschlupf zu gewähren.

"Wir müssen uns Zimmer für Zimmer vornehmen", seufzte Jaina.

Jacen nickte. "Wir werden es merken, wenn irgendwo etwas nicht stimmt. Vielleicht kann ich die Macht nutzen, um die Schlange in ihrem Versteck aufzuspüren!"

Sie lauschten an den Türen, hinter denen andere Jedi-Studenten ihren alltäglichen Beschäftigungen nachgingen. Jacen hegte die vage Hoffnung, vielleicht jemanden aufschreien zu hören. Immerhin hätte er dann wenigstens gewusst, *wo* die Schlange untergekrochen war.

Sie arbeiteten sich von Raum zu Raum. Wieder und wieder tasteten Jacens Hände über das Holz der geschlossenen Türen, doch an keiner konnte er ein prickelndes Echo auffangen, das auf sein entflohenes Haustier hingedeutet hätte.

Erst als sie vor Raynars halb geöffneter Tür anlangten, registrierten sie sofort etwas Außergewöhnliches. Die Zwillinge lugten hinein und erblickten den ausgestreckt auf den polierten Bodenfliesen liegenden Jungen.

Raynar trug ein feines Gewand aus purpurfarbenem, goldenem und scharlachrotem Tuch – die Farben seiner vornehmen Familie. Trotz einiger behutsamer Anspielungen Onkel Lukes legte Raynar seine kostbare Kleidung so gut wie niemals ab. In einem der eintönigen, aber bequemen Anzüge der Jedi-Schüler war er jedenfalls noch nie gesichtet worden.

Raynars verstrubbeltes Blondhaar glitzerte wie Goldstaub im Licht der Morgensonne, die durch die Fensterschlitze ins Zimmer strömte. Seine geröteten Wangen blähten sich und sanken wieder ein, während er in unbequemer Lage leise auf den kalten Platten des Steinbodens schnarchte.

"Oh, verdammt!", fluchte Jacen. "Ich schätze, wir sind fündig geworden."

Jacen ging voraus. Jaina folgte ihm und ließ die Tür hinter sich zugleiten. Dann stellte sie sich so neben den verbleibenden Spalt, dass die Schlange nicht an ihr vorbeischlüpfen konnte.

Jacen kniete neben dem Schlafenden und hob behutsam dessen geschlossene Augenlider. Dann spreizte er die Finger, dass die Gelenke knackten, und ließ seinen Gedanken freien Lauf. Er versetzte sich in die Gedankenwelt einer Schlange. Wie üblich nahm er durch die Macht viele Einflüsse gleichzeitig wahr, doch er versuchte, seine Konzentration dorthin zu bündeln, wo die Schlange lag.

Er empfing eine dünnen, trägen Fluss von Gedanken, einen leicht zufrieden zu stellenden Geist, der sich augenblicklich wohl und sicher fühlte. Die einzigen Gedanken waren *warm, warm ... schlafen, schlafen ...* und *Ruhe ...*

Die zusammengerollte Kristallschlange döste in den Falten von Raynars purpurnem Untergewand.

"Hierher, Jaina", flüsterte Jacen.

Sie verließ ihren Posten an der Tür und kam zu ihm. Als sie in die Knie ging, raschelte der Stoff ihres fleckigen Overalls wie eine weitere Schlange.

"Stimmt meine Vermutung, dass sie es sich genau *unter* Raynars Körper bequem gemacht hat?"

Jacen nickte. "Dort, wo es am wärmsten ist."

"Mist!", fluchte Jaina. "Das macht es nicht gerade einfacher." Sie schien einen Moment nachzudenken. "Ich könnte versuchen, ihn umzudrehen, und du schnappst dir die Schlange."

"Nein, das könnte sie zu einer Affekthandlung hinreißen", lehnte Jacen ab. "Sie würde Raynar vielleicht noch einmal beißen."

Jaina schauderte. "Es würde ihn eine ganze Woche Unterricht kosten."

"Richtig." Jacen nickte. "Aber Onkel Luke könnte wenigstens einmal eine Vorlesung hinter sich bringen, ohne von Raynars nerviger Fragerei unterbrochen zu werden!"

Jaina kicherte. "Dem kann ich nicht widersprechen."

Jacen tastete mit seinem Geist nach der zusammengerollten Schlange, spürte, wie friedlich sie ruhte.

Plötzlich, als hätte er sie über sich reden gehört, grunzte Raynar im Schlaf und streckte sich.

Der Schlangenkörper spannte sich an, und Jacen sandte sofort beruhigende Signale aus, ähnlich den Entspannungstechniken, die er bei seinem Onkel gelernt hatte. Er schickte friedfertige, einlullende Gedanken, die nicht nur die Schlange, sondern auch Raynar beruhigten.

"Wenn wir uns kurzschließen, können wir unsere Jedi-Macht nutzen, um Raynar behutsam in die Schwebe zu bringen", schlug Jacen vor. "Anschließend werde ich die Schlange unter ihm hervorziehen."

"Worauf warten wir noch?" Jaina musterte ihren Bruder mit gehobenen Brauen.

Dann schlossen die Zwillinge gemeinsam ihre Augen.

Sie berührten den Saum von Raynars farbigem Gewand mit den Fingerspitzen, während sie sich vorstellten, wie *leicht* dieser Junge sein könnte ... Dass er kaum mehr als eine in die Luft gewehte Feder wiege ... Dass er überhaupt kein Gewicht besäße, und sie ihn emporsteigen ließen ...

Jacen hielt den Atem an, als der leise schnarchende Jedi-Student sich langsam vom gefliesten Boden löste. Raynars weite Gewänder fielen wie Vorhänge neben ihm herab und enthüllten die dösende Schlange.

Unvermittelt ihres warmen verborgenen Nests entrissen, wachte die Kristallschlange ärgerlich auf. Jacen fühlte, wie sie sich auseinander rollte und nach einem lebenden Ziel suchte, um es anzugreifen.

"Halte Raynar weiter fest!", zischte er Jaina zu, während er sich nach vorne warf, um die sich davonschlängelnde Kristallschlange zu schnappen. Seine Finger schlossen sich um ihren Hals und fanden hinter dem harten dreieckigen Schädel Halt. Er sandte beruhigende Impulse an das kleine Gehirn des Reptils, kämpfte dessen Zorn nieder und besänftigte es.

Jacens hastige Reaktion und das Nachlassen der Macht hatten Jaina aus der Konzentration gerissen. Sie schaffte es gerade noch, Raynar für ein, zwei Sekunden in der Schwebe zu halten. Während Jacen damit beschäftigt war, beruhigend auf die Schlange einzuwirken, schwächte sich Jainas Griff auf den Jungen weiter ab und erlosch schließlich vollständig.

Raynar entglitt den unsichtbaren Händen und stürzte in das grellfarbene Tuch seines Gewandes, das sich unter ihm am Boden zusammenfaltete. Der Aufprall reichte aus, um ihn aus seinem schlangengiftbetäubten Schlaf zu schrecken. Grunzend setzte er sich auf, blinzelte und schüttelte seinen Kopf.

Ungerührt setzte Jacen seine Bemühungen fort, die in

seiner Hand verborgene Schlange zu beruhigen. Er sandte melodische Gedanken in ihren Geist, bis sie vor Wohlbehagen fauchte und sich zufrieden um Jacens Handgelenk wickelte. Besänftigt legte sie den flachen, durchscheinenden Kopf auf seine geballte Faust. Sogar im hellen Licht reflektierte ihr Körper kaum. Ihre Schuppen wirkten wie eine hauchdünne Schicht von Diamanten, ihre Augen wie zwei Kohlestückchen.

Benommen schaute Raynar die neben ihm stehenden dunkelhaarigen Zwillinge an. Er kratzte sich verwirrt am Kopf. "Jacen? Jaina? Äh ... Was macht ihr hier ...? Heh!" Er setzte sich gerade hin und schüttelte den linken Arm, als wäre er betäubt. Dann richtete er den Blick auf Jacen. "Ich dachte, ich hätte eine deiner ... deiner *Kreaturen* hier gesehen. Es ist das letzte, woran ich mich erinnern kann. Ist dir etwa eines dieser Biester abhanden gekommen?"

Jacen ließ die Hand, in der er die Schlange hielt, betreten hinter dem Rücken verschwinden. "Wo denkst du hin", erwiderte er. "Ich kann dir ruhigen Gewissens versichern, dass sich alle meine sensiblen Freunde vollzählig in meiner Obhut befinden!"

Jaina bückte sich, um dem Jedi-Schüler auf die Beine zu helfen. "Du musst weggenickt sein, Raynar. Aber du hättest dich wenigstens auf deine Strohmatratze legen können, als dich die Müdigkeit übermannte!" Sie klopfte sein Gewand ab. "Nun ist deine hübsche Robe ganz staubig geworden."

Raynar betrachtete bestürzt die Flecken auf seinem protzigen Gewand. "Jetzt muss ich die komplette Garnitur wechseln. So kann ich mich doch nicht in der Öffentlichkeit blicken lassen!" Zerknirscht strich er über die verschiedenfarbigen Tücher.

"Wir lassen dich besser allein, damit du dich in Ruhe umkleiden kannst." Jacen ging rückwärts zur Tür. "Wir sehen dich dann in der Vorlesung."

Unter der Deckung von Jaina stahl er sich aus Raynars Zimmer - nicht ohne jedoch zum Abschied mit der Hand zu winken, um die sich die kaum wahrnehmbare Kristallschlange gewunden hatte.

Dann trennten sich die Zwillinge. Wenn sie sich beeilten, konnten sie es immer noch rechtzeitig zu Onkel Lukes Jedi-Lektionen schaffen.

2

Während Jacen losging, um die Kristallschlange in ihren Käfig zurückzustecken, kehrte Jaina in ihr eigenes Quartier zurück. Sie wollte sich umziehen und ihr Gesicht mit dem kaltem Wasser aus der neuen Brunnenleitung kühlen.

Ihre Gesichtshaut prickelte immer noch erfrischt, als sie wieder auf den Korridor hinaustrat. "Beeil dich, sonst kommen wir doch noch zu spät", empfing sie den ihr entgegenkommenden Jacen.

Gemeinsam eilten die Zwillinge zum Turbolift, der sie in die oberen Stockwerke des pyramidenförmigen Tempels transportierte. Sie betraten den hallenden Raum des großen Vorlesungssaals. Die Luft war erfüllt vom geschäftigen Murmeln der anderen Jedi-Anwärter, die sich hier, wo Luke Skywalker jeden Tag sprach, versammelt hatten.

Die Strahlen der Morgensonne brachen sich auf den polierten Steinoberflächen. Das Licht besaß eine orangene Tönung, verursacht von den Reflexionen des Gasgiganten hoch oben am Himmel – dem Planeten Yavin, um den sich der kleine Dschungelmond drehte.

Dutzende anderer Jedi-Schüler jeden Alters und verschiedenster Herkunft ließen sich in den Rängen der steinernen Sitzreihen nieder, die vom Mittelpunkt der Halle aus emporwuchsen. Auf Jaina wirkte es, als hätte jemand einen Felsbrocken hinunter auf die Rednerfläche geworfen und damit wellenartig Zuschauerränge geschaffen, die sich bis weit in den Hintergrund des Saales auf unterschiedlichem Niveau fortsetzten.

Eine Unmenge von Stimmen und Geräuschen drang an Jainas Ohr, begleitet von den würzigen Düften, die aus dem fast unerforschten Dschungel hereinwehten. Obwohl sie sich bemühte, konnte sie keine der Duftnuancen einer der vielen blühenden Wildblumen zuordnen – im Gegensatz zu Jacen, der sie vermutlich lückenlos hätte aufzählen können.

Das einzige, was Jaina sicher auseinander halten konnte, waren der Schweißgeruch und die anderen Ausdünstungen von Jedi-Anwärtern – deren verfilzte Felle, sonnenverbrannte Schuppen und süßsaure Pheromone.

Jacen folgte ihr zu den freien Sitzen, vorbei an zwei hoch gewachsenen, pinkfarbenen Exoten, die sich in knurrendem Tonfall unterhielten. Nachdem die Zwillinge Platz genommen hatten, blickte Jaina zur Decke hinauf und ließ die vielfältigen Formen und Farben auf sich wirken, die in den fremdartigen Mosaikmustern Verwendung gefunden hatten.

"Jedesmal, wenn wir hierher kommen", sagte sie, "muss ich an die alten Videoclips von der Zeremonie denken, bei der Mutter Orden an Onkel Luke und Vater überreichte. Sie sah so bezaubernd aus." Sie strich mit der Hand über ihr glatt fallendes, ungestyltes Haar.

"Ja, und Vater sah aus wie ein ... Pirat", versetzte Jacen.

"Nun, er *war* ja damals wohl auch ein Pirat, ein Schmuggler", erwiderte Jaina und dachte an die Rebellensoldaten, die den Angriff des ersten Todessterns überlebt hatten; diejenigen, die in der großen Raumschlacht gegen das Imperium gekämpft hatten, um dessen gefürchtete Superwaffe zu vernichten. Heute, mehr als zwanzig Jahre nach diesen Ereignissen, hatte Luke Skywalker den verlassenen Stützpunkt in ein Schulungszentrum für Jedi umgewandelt und es sich zur Aufgabe gemacht, den Orden der Jedi-Ritter neu zu beleben.

Luke hatte mit der Unterweisung anderer Jedi begonnen, als die Zwillinge gerade mal ihr zweites Lebensjahr vollendet hatten. Inzwischen war er häufiger in eigener Sache unterwegs und verbrachte nur noch einen Teil seiner Zeit an der Akademie, die während seiner Abwesenheit von anderen erfahrenen Jedi-Rittern weitergeführt wurde.

Einige der Schüler besaßen nur ein verschwindend geringes Macht-Potential und gaben sich damit zufrieden, Bewahrer der Jedi-Lehre zu sein. Andere verfügten über großes Talent, hatten es aber noch nicht ausgebildet. Es war Lukes Überzeugung, dass alle potentiellen Jedi voneinander lernen konnten, der Starke vom Schwachen, der Alte vom Jungen – und umgekehrt.

Jacen und Jaina waren von ihrer Mutter Leia nach Yavin 4 geschickt worden, um hier für einen Teil des Jahres geschult zu werden. Ihr jüngerer Bruder Anakin war noch zu Hause auf der Hauptwelt Coruscant geblieben, er würde aber in Kürze nachkommen und sich ihnen anschließen.

Immer wieder hatte Luke den Zwillingen von Han Solo und Prinzessin Leia in ihrer Entwicklung unter die Arme gegriffen, durch ihn waren sie sich ihrer ausgeprägten Fähigkeiten überhaupt erst bewusst geworden. Hier auf Yavin 4 konnten sie sich voll auf ihr Studium konzentrieren, ohne dass die praktische Seite vernachlässigt wurde. Und das war entschieden reizvoller als die Unterrichtspläne, die muffige Erziehungsdroiden auf Coruscant für sie entworfen hatten.

"Wo ist Tenel Ka?" Vergeblich suchte Jaina in der Menge nach ihrer Freundin vom Planeten Dathomir.

"Eigentlich müsste sie hier sein", sagte Jacen. "Heute früh sah ich sie hinausgehen, um ihre Übungen im Dschungel zu absolvieren."

Ihre Freundin war eine hingebungsvolle Jedi, die hart an sich arbeitete, um ihre Träume zu verwirklichen. Sie hatte geringes Interesse an Bücherstudien, den Historien und den Meditationen; dafür war sie eine begnadete Athletin, die am liebsten Taten sprechen ließ; eine wertvolle Eigenschaft für eine Jedi, hatte Luke ihr erklärt – vorausgesetzt, Tenel Ka wusste sie richtig einzusetzen.

Tenel Ka war ungeduldig, unerbittlich gegen sich und andere und absolut humorlos. Die Zwillinge sahen es als eine Art Herausforderung, immer wieder zu versuchen, sie doch einmal zum Lachen zu bringen.

"Sie sollte sich besser etwas sputen", sagte Jacen, als es ruhiger im Saal wurde. "Onkel Luke fängt gleich an."

Als sie aus den Augenwinkel heraus eine Bewegung wahrnahm, schaute Jaina zu einer der gleißenden Öffnungen in der Wand des hohen Raumes hinauf. Dort, auf dem schmalen, steinernen Fenstersims, tauchte die schlanke, geschmeidige Gestalt eines Mädchens auf. "Da ist sie ja!"

"Sie muss an der Rückseite des Tempel hinaufgeklettert sein", sagte Jacen. "Sie hat schon öfter davon gesprochen, es einmal zu tun, aber ich hätte nicht gedacht, dass sie es wirklich wahr machen würde ..."

"Es gibt viele Kletterpflanzen dort", kommentierte Jaina mit gewohnter Logik, als wäre das Erklimmen des gewaltigen antiken Denkmals etwas, was Jedi-Studenten jeden Tag taten.

Gespannt beobachteten sie, wie ihre Freundin ihr langes goldfarbenes Haar mit einem dünnen Lederriemen zusammenband, damit es ihr nicht im Wege war. Dann spannte das Mädchen kurz die Arme, befestigte einen silbernen Greifhaken an der Simskante und seilte sich mit Hilfe eines dünnen Faserstricks, den sie stets an ihrem Gürtel trug, ab.

Wie eine Spinne auf ihr Netz ließ sich Tenel Ka ohne ein Zeichen von Unsicherheit die hohe glatte Innenwand bis zum Boden herab.

Mittlerweile hatten sie auch die anderen Jedi-Schüler erspäht. Einige applaudierten, andere honorierten die artistischen Fähigkeiten des Mädchens durch staunendes Schweigen. Sie hätte ihre Jedi-Kräfte einsetzen können, um den Abstieg zu beschleunigen, aber wann immer es möglich war, verließ Tenel Ka sich ganz auf ihren Körper. Die Macht betrachtete sie nur als Reserve für den Notfall. Sie befürchtete, dass es sich einmal rächen könnte, sich zu sehr auf diese besonderen Kräften zu verlassen.

Tenel Ka landete federnd auf dem harten Steinboden. Ihre glänzenden Schuhe verursachten ein leises klickendes Geräusch. Das Mädchen machte ein paar Lockerungsübungen, ehe sie wieder nach dem dünnen Faserseil griff. Mit einem kurzen Ruck mit der Macht löste sie den verkanteten Greifhaken aus dem Steinsims und fing ihn geschickt mit der Hand auf.

Nachdem sie das Seil an ihrem Gürtel aufgewickelt hatte, drehte sie sich mit ernstem Gesicht um. Dann nahm sie das Band aus ihrem Haar und schüttelte den Kopf, sodass die Locken über ihre Schultern fielen.

Tenel Ka kleidete sich wie alle Frauen von Dathomir knapp und figurbetont. Die Mode, die sie trug, wurde aus den purpurnen und smaragdgrünen Häuten der

Reptilien ihres Heimatplaneten gefertigt. Die flexiblen, leicht gepanzerten Tuniken und kurzen Hosen ließen Arme und Beine frei, doch trotz der vielen ungeschützten Haut und ihrer zahlreichen Ausflüge in die Wildnis schien sich Tenel Ka niemals Kratzer oder Insektenstiche einzuhandeln.

Jacen winkte ihr grinsend zu. Sie antwortete mit einem Nicken, bahnte sich den Weg bis zu den Zwillingen und ließ sich geschmeidig auf den kalten Sitz neben Jacen sinken.

"Hallo", sagte sie mürrisch.

"Einen guten Morgen", erwiderte Jaina. Sie lächelte der Amazone zu, die mit kühlen grauen Augen den Blick, aber nicht das Lächeln erwiderte – diese Wahrung der Distanz war kein Ausdruck von Unhöflichkeit, sondern entsprach einfach ihrer Natur. Tenel Ka lächelte selten.

Jacen stieß sie mit dem Ellbogen an und senkte die Stimme: "Kennst du den schon, Tenel Ka. Ich denke, er wird dir gefallen: Wie nennt man jemanden, der einem Kannibalen das Abendessen bringt?"

Sie wirkte verblüfft. "Ich glaube, ich verstehe nicht ..."

"Es ist ein Witz", sagte Jacen. "Na los, rate!"

"Ah, ein Scherz". Tenel Ka nickte. "Du versuchst also wieder einmal, mich zum Lachen zu bringen?"

"Du wirst dich nicht mehr halten können, wenn du ihn erst gehört hast", versicherte Jacen. "Komm schon, wie nennt man also jemanden, der einem Kannibalen das Abendessen bringt?"

"Ich weiß es wirklich nicht", sagte Tenel Ka, und Jaina hätte hundert Kredits gewettet, dass ihre Freundin sich nicht einmal zu einer Vermutung hinreißen lassen würde.

"Einen Appetithappen!", lachte Jacen in sich hinein.

Jaina stöhnte, aber Tenel Ka verzog keine Miene. "Ich verstehe nicht, was daran lustig sein soll. Aber wie ich sehe, fängt die Vorlesung gleich an. Du kannst es mir später erklären."

Jacen rollte mit den Augen.

Genau in dem Augenblick, als Luke Skywalker auf die Rednerplattform trat, stürzte Raynar aufgeregt aus dem Turbolift. Schnaufend und mit hochrotem Kopf hastete er den langen Gang neben den Sitzreihen hinunter und versuchte, einen Platz in den vorderen Reihen zu finden. Er trug ein neues Gewand, das jedoch ebenso grell und von ebenso beißender Farbgebung war wie das vorherige. Nachdem sich Raynar endlich gesetzt hatte, hob er erwartungsvoll den Blick zu seinem Jedi-Meister, um seine Bereitschaft zu signalisieren.

Luke Skywalker stand auf der erhöhten Plattform und betrachtete den zusammengewürfelten Haufen von Studenten. Seine strahlenden Augen schienen die Menge zu durchdringen. Es wurde still, als würde sich über alles eine warme Decke legen.

Luke hatte immer noch dieselben jungenhaften Züge, die Jaina von den historischen Aufzeichnungen her kannte. Doch heute vermittelte seine hagere Gestalt eine in sich ruhende Kraft, als würde eine Naturgewalt von einer diamantharten Hülle aus reiner Sanftheit in Zaum gehalten. Aus seinen vielen Prüfungen war Luke irgendwie schillernd und erstarkt hervorgegangen. Er hatte überlebt, um den Grundstein der neuen Jedi-Generation zu bilden - einen Orden, der die Neue Republik vor den versprengten Resten des Bösen in der Galaxis beschützen sollte.

"Möge die Macht mit euch sein", sagte Luke mit weicher Stimme, die dennoch bis in die letzten Winkel des

Saales drang. Die so oft gehörte Floskel verursachte ein Kribbeln unter Jainas Haut. Neben ihr ließ Jacen ein Lächeln aufleuchten. Tenel Ka saß kerzengerade, wie in ehrfürchtiger Verehrung.

"Wie ich euch schon viele Male erzählt habe", begann Luke, "glaube ich nicht, dass man ein wahrer Jedi-Ritter durch den Besuch von Vorlesungen wird. Ich will euch lehren, wie man handelt, wie man Dinge *tut*, statt nur über sie nachzudenken. 'Es gibt keinen Versuch', lehrte mich Yoda, einer meiner eigenen Jedi-Meister."

In der ersten Reihe streckte Raynar seine Hand wie einen grellfarbenen Blitz in die Höhe und schnipste mit den Fingern, um Lukes Aufmerksamkeit zu gewinnen. Durch den Saal ging ein vielstimmiges Stöhnen. Auch Jacen stieß einen tiefen Seufzer aus, während Jaina sich zunächst abwartend verhielt und sich lediglich fragte, mit welchem unverzichtbaren Beitrag Raynar wohl diesmal aufwarten würde.

"Master Skywalker", sagte Raynar, "ich verstehe nicht, was Ihr mit 'Es gibt keinen Versuch' ausdrücken wollt. Man muss doch Erfahrungen sammeln und aus Versuchen und auch Fehlschlägen lernen dürfen. Niemand kann bei dem, was er unternimmt, immer nur Erfolg haben!"

Luke musterte den Jungen geduldig und verständnisvoll. Jaina würde nie verstehen, wie ihr Onkel bei Raynars ständigen Unterbrechungen so ruhig bleiben konnte, nahm aber an, dass es ein Zeichen für wahre Jedi-Meisterschaft war.

"Ich habe auch nicht behauptet, dass ich niemals Fehlschläge einstecken musste", sagte Luke. "Kein Jedi ist jemals vollkommen. Manchmal ist das, was uns *gelungen* ist, nicht unbedingt das, was wir *beabsichtigt* hatten. Konzentriere dich auf das, was du erreicht hast, egal, was deine Ziele waren. Das gilt auch für den Misserfolg. Ja, nimm stets wahr, was du verloren hast – aber betrachte es auf eine Weise, mit der du erkennen kannst, was du *gewonnen* hast."

Luke faltete die Hände ineinander und begab sich mit fast schwerelos wirkenden Schritten von einer Seite der Rednerplattform zur anderen. Seine hellen Augen ließen nicht ab von Raynars erhobenem Blick. Dennoch schien es, als würde Luke alle Studenten ansehen und zu jedem einzelnen von ihnen sprechen.

"Lasst mich euch ein Beispiel geben", sagte er. "Vor ein paar Jahren hatte ich einen brillanten Schüler namens Brakiss. Er war ein begabter Student, wissbegierig und mit einem großen Potential der Macht. Er schien nett und hilfsbereit, fasziniert von allem, was ich ihn lehrte. Kurz gesagt: Er war ein begnadeter Schauspieler."

Luke nahm einen tiefen Atemzug, während er sich an diese unangenehme Episode aus seiner Vergangenheit erinnerte. "Ihr müsst wissen, dass es mich nach Gründung der Jedi-Akademie nicht überraschte, dass die Machthaber des Imperiums mein Lebenswerk zu unterwandern versuchten. Sie schickten mir Studenten, deren erste tolpatschigen, uninspirierten Versuche ich mühelos abwehren konnte. Aber Brakiss war anders. Von dem Augenblick an, da er aus dem Raumschiff trat und sich im Dschungel auf Yavin 4 umsah, wusste ich, dass er ein Spion des Imperiums war. Ich konnte den tiefen Schatten in ihm spüren, der sich hinter einer Maske aus Freundlichkeit und Enthusiasmus verbarg. Das Problem war, dass ich in Brakiss auch echtes Talent für die Macht entdeckte.

Ein Teil von ihm war schon Jahre zuvor verdorben worden, hatte einen tiefen Makel, umgeben von wunderschönem äußeren Schein. Aber anstatt ihn auf der Stelle zurückzuweisen, entschied ich mich dafür, ihn hier zu behalten, um ihm andere Wege zu zeigen als die, die er bisher beschritten hatte. Ich wollte ihn heilen. Ich war der Ansicht, dass, wenn es sogar etwas Gutes im Herzen meines Vaters Darth Vader hatte geben können, auch Gutes in jemandem stecken müsste, der noch so ungeschliffen und jung wie Brakiss war."

Lukes Blick wanderte kurz zur Decke, ehe er ihn wieder auf seine Zuhörer richtete.

"Er blieb für viele Monate hier, und ich gab mir alle Mühe, ihn persönlich zu unterrichten, ihn zu leiten, ihn auf jede nur erdenkliche Weise auf die helle Seite der Macht zu führen. Er schien sich auch tatsächlich zu ändern, irgendwie sanfter zu werden. Aber in Wahrheit war Brakiss nur noch gerissener, als ich es jemals vermutet hätte. Während einer Lektion gab ich ihm eine fingierte Aufgabe, die ihm unverfänglich erscheinen musste; ein Test, bei dem er sich selbst erkennen sollte. Brakiss musste in sich gehen – sein Innerstes betrachten, wie kein anderer es vermochte. Ich hatte gehofft, dass dieser Versuch ihn heilen würde, doch Brakiss verlor diese Schlacht. Vielleicht war er einfach nicht darauf vorbereitet, sich mit dem auseinander zu setzen, was er in seinem Inneren fand. Er zerbrach daran und floh vom Dschungelmond. Ich glaube, dass er direkt ins Imperium zurückkehrte – und alles mitnahm, was ich ihm an Jedi-Kunst beigebracht hatte."

Viele der Studenten im Vorlesungssaal schnappten hörbar nach Luft. Jaina sah ihren Zwillingsbruder erschrocken an. Von diesen Geschehnissen hatte sie noch nie zuvor gehört.

Raynar hob erneut die Hand, doch diesmal sah Luke ihn so voller Macht an, dass der eingebildete Student den Arm eingeschüchtert wieder herunternahm.

"Ich weiß, was ihr denkt", fuhr Luke fort. "Dass ich bei dem Versuch, Brakiss zurück auf die helle Seite zu ziehen, versagt habe. Aber – wie ich vorhin gesagt habe – ich musste herausfinden, ob ich damit Erfolg haben könnte. Ja, ich *habe* Brakiss mein Mitgefühl gezeigt. Ich *habe* ihn die Geheimnisse der hellen Seite gelehrt, unabhängig davon, was er bereits vorher erlernt hatte. Und ich *habe* ihn sich selbst betrachten lassen, um zu erkennen, wie gebrochen er war. Als ich all dies erreicht hatte, lag es nicht länger an *mir*. Die letzte Entscheidung lag bei Brakiss selbst. Und sie steht immer noch aus ..."

Luke hob den Kopf und ließ seinen Blick über die versammelten Jedi schweifen. Jaina fühlte einen elektrisierenden Schauer, als wäre sie von einer unsichtbaren Hand berührt worden.

"Um ein Jedi zu werden", sagte Luke, "muss man vielen Entscheidungen ins Gesicht sehen. Manche mögen einfach, wenn auch lästig sein, andere sind wirkliche Feuerproben. Hier an meiner Jedi-Akademie kann ich euch die Grundlagen vermitteln, solche Entscheidungen richtig zu treffen. Erfolg oder Misserfolg hängen jedoch von euch selbst ab. "

Ehe Luke fortfahren konnte, ertönte ein schriller Alarm. Offenbar gab es irgendwo ein ernstes Problem.

R2-D2, der kleine Droide an Lukes Seite, sauste in den Saal und stieß eine Reihe lauter, unverständlicher Pfiffe und zwitschernder Töne aus. Luke schien sie zu verstehen und sprang von der Bühne herab.

"Ärger auf der Landepiste!", rief er und preschte los in

Richtung Turbolift. Vom Tuch seines Gewandes umflattert, wandte er sich im Laufen noch einmal an seine Studenten: "Denkt darüber nach, was ich euch gesagt habe, und übt eure Fähigkeiten in der Praxis!"

Die Studenten blieben verwirrt zurück und wussten nicht, was sie tun sollten.

Jacen, Jaina und Tenel Ka blickten einander an und fanden bestätigt, dass sie alle drei dasselbe dachten: *Lasst uns nachsehen, was passiert ist!*

3

Jacen sah, dass sich auch andere Jedi-Studenten zu den Wendeltreppen des Innenbereichs aufmachten oder sich in die Turbolifte drängelten. Offenbar hatten sie dieselbe Idee gehabt.

Tenel Ka sprang auf, ergriff Jacens Arm und zog ihn von der steinernen Sitzbank. "Wenn wir es auf meine Weise versuchen, sind wir schneller! Jaina, komm mit!"

Tenel Ka eilte zurück zur Wand, über der die Fensteröffnungen des Daches lagen. Dabei bahnte sie sich den Weg zwischen zwei echsenhaften Mitschülern hindurch, die sich sichtlich aufgeregt in verschrecktem Tonfall miteinander unterhielten. Tenel Ka hatte bereits das strapazierfähige Faserseil von ihrem Gürtel gelöst und prüfte die scharf geschliffenen Widerhaken des Wurfgeräts.

"Wir klettern die Mauer hoch, steigen durch das Fenster und seilen uns auf der anderen Seite zur Außentreppe ab", erläuterte sie, wahrend sie das Werkzeug so kraftvoll kreisen ließ, dass die Muskeln an ihren Armen hervortraten. Sie passte den perfekten Moment ab und ließ los.

Jacen und Jaina unterstützten den Flug des Hakens mit ihrer Macht und lenkten ihn so, dass er optimalen Halt auf dem moosbewachsenen Fenstersims fand. Die scharfen Zacken aus gehärtetem Stahl gruben sich in einen Spalt zwischen den Steinquadern und verkanteten sich.

Tenel Ka ergriff das Seil mit beiden Händen und begann, daran hochzuklettern. Mit den Spitzen ihrer Schuhe tastete sie immer wieder die relativ glatte Oberfläche der Wand nach kleinsten Unebenheiten ab, die ihr etwas Halt gaben. Auf diese Weise kam sie gut voran.

Noch während Tenel Ka die Wand wie eine Eidechse einen sonnigen Felsen erklomm, nahm Jacen das lose Ende des Stricks und versuchte, es ihr gleichzutun. Bereits nach wenigen Metern schmerzten ihm die Arme. Wo es nötig wurde, weil seine Füße den Halt verloren, wandte er die Macht an. Aber lieber wäre es ihm gewesen, er hätte es aus eigenem Geschick heraus geschafft, zumal Tenel Ka ihn beobachtete.

Schließlich hatte er das Dach des Großen Tempels erreicht und schob seinen drahtigen Körper auf den breiten Sims der von ihren Erbauern hinterlassenen Mauern.

Jacen beugte sich nach hinten, bekam den Arm seiner Schwester zu fassen und zog sie zu sich hoch. Die schwüle Dschungelluft lag schwer über der Pyramidenspitze. Die stickige Hitze stand im krassen Gegensatz zu der beständig muffigen Kühle, die im Innern des Tempels herrschte.

Noch ehe sie richtig verschnaufen konnten, hatte Tenel Ka bereits das Faserseil hochgezogen und bahnte sich einen Weg entlang des schmalen Vorsprungs. Stein bröckelte unter ihren Sohlen, aber sie schien sich nicht die geringsten Sorgen darüber zu machen, dass sie abstürzen könnte.

"Schnell auf die andere Seite", sagte sie, ohne ein erkennbares Anzeichen von Erschöpfung, "dort ist der Abstieg leichter!"

Tenel Ka verschwand leichten Schrittes um die Ecke. Dort blieb sie stehen und blickte zur Piste hinab, auf der sich Ankunft und Abflug sämtlicher Schiffe abspielten.

Sie verhielt sich mucksmäuschenstill, wie eine Kriegerin, die einem Respekt einflößenden Gegner gegenübersteht.

Endlich hatten Jacen und Jaina sie eingeholt. Mit Staunen und Entsetzen schauten sie auf das, was unten vor dem Tempel sichtbar wurde.

Ein ziemlich überaltertes Fährschiff, die *Lightning Rod*, war auf der Dschungellichtung niedergegangen, und ihr üblicher Versorger und Nachrichtenübermittler – das langhaarige Unikum Peckhum – stand wie versteinert neben der offenen Frachtraumschleuse.

Der alte Peckhum sah aus wie jemand, der sich heiser gebrüllt hatte und nun zu keinem weiteren, noch so leisen Laut mehr fähig war. Sein Blick haftete an einem widernatürlich erscheinenden Koloss, der ihn aus dem Dschungel heraus anstarrte und dabei bedrohlich fauchende und knurrende Laute von sich gab. Zweifellos würde das Monstrum bei der ersten falschen Bewegung des Fährmanns zum Angriff übergehen.

"Was *ist* das für eine Bestie?", fragte Jaina ihren Bruder, als wäre es selbstverständlich, dass er eine Antwort darauf wusste.

Jacen schielte auf das Ungetüm mit dem eckigen Körper, der die Größe eines Shuttles hatte, und in dessen zottigem, verfilztem Haar sich primitive Moose und Flechten verfangen hatten. Der Koloss stand auf sechs Beinen, die an uralte Baumstämme erinnerten, und sein massiger dreieckiger Schädel, aus dem mehrere dicke, gekrümmte Fühler ragten, die in jeweils einem runden, starr blickenden Auge endeten, thronte wie ein Sternzerstörer auf dem Rumpf. Aus dem Maul schoben sich grauenvolle, gebogene Reißzähne, die vermutlich selbst einen Sandkriecher zu durchbohren vermochten.

"So etwas habe ich in meinem ganzen Leben noch nicht gesehen", stöhnte Jacen.

Tenel Ka spähte mit finsterer Miene zu dem Monster hinunter. "Gemeinsam können wir es stoppen", stieß sie hervor. "Folgt mir!" Sie hastete die großen steinernen Stufen an der Außenseite des hochragenden Tempels hinab.

Das Gebrüll des Monsters klang herausfordernd, so grauenhaft laut, dass es den Anschein hatte, als würden selbst die uralten Mauern erzittern. Während die drei jungen Jedi-Ritter abwärts eilten, achteten sie darauf, dass sie nicht ausglitten und über die Ränder der steilen Treppenanlage stürzten.

"Zu Hilfe!", erklang jetzt Peckhums furchtsame, hohe Stimme.

Das grässliche Ungeheuer am Rand des Dschungels drehte seinen Schädel, als würde es von irgendetwas abgelenkt werden. Jacens Herz klopfte zum Zerspringen, und einen Augenblick lang dachte er, die tobende Kreatur hätte ihre Annäherung bemerkt. Doch dann sah er, dass die Aufmerksamkeit des Kolosses nicht ihnen galt, sondern einem Mann, der allein aus dem ebenerdigen Bereich der Tempelpyramide trat und selbstbewusst über die gemähte Fläche aus Gräsern und Unkräutern schritt.

Luke Skywalker trug nur seine Jedi-Robe. Jacens Blicke suchten vergeblich nach dem Lichtschwert. Lukes Hände waren leer. Er taxierte den Giganten, und der Gigant erwiderte den Blick aus einem ganzen Dutzend Augen, die am Ende der Fühler vor seinem Gesicht hin und her pendelten.

Der Jedi-Meister setzte seinen Weg unbeeindruckt fort und ging ohne zu zögern auf den Koloss zu. Schritt auf Schritt, als befände er sich in einer Art Trance. Das Ungeheuer streckte sich drohend und brachte mit seinem Gebrüll die Blätter in den Bäumen zum Rascheln. Vögel und Tiere des Dschungels flohen vor den entsetzlichen Lauten.

Als die Bestie für einen Moment abgelenkt wurde, warf sich der alte Peckhum zu Boden und floh auf allen vieren in eine der offen stehenden Ladeluken seiner abgetakelten Fähre. Jacen war erleichtert, dass es ihrem Versorger gelungen war, sich in Sicherheit zu bringen.

Das Monster sah es anders. Die Enttäuschung über die entgangene Beute veranlasste es zu noch lauterem Gebrüll. Da begann Luke, mit sonderbar gelassener und selbst über die Entfernung klar verständlicher Stimme auf das Dschungelwesen einzureden: "Nein, hierher! Sieh *mich* an!"

Tenel Ka erreichte, die letzten vier Stufen auf einmal nehmend, den Boden. Jacen und Jaina folgten atemlos und mit geröteten Gesichtern. Zu dritt standen sie stocksteif da und beobachteten, wie Luke Skywalker sich dem Ungetüm entgegenstellte. Auch sie waren waffenlos.

Plötzlich stürmte der alte Peckhum aus dem Laderaum der *Lightning Rod*. Seine Hände umklammerten einen vorsintflutlichen Vorderlader. "Überlassen Sie ihn mir, Master Skywalker! Bleiben Sie, wo Sie sind." Er brachte das Gewehr in Anschlag und zielte.

Luke drehte sich zu ihm um. "Nein!" Er machte eine rasche Bewegung mit der Hand.

Das Gewehr entriss sich Peckhums Griff und landete mit einem dumpfen Aufprall auf dem Boden. Verblüfft sah der alte Versorger zu, wie sich Luke weiter auf das Monster zu bewegte, ohne das geringste Anzeichen von Furcht.

"Dieses Geschöpf verkörpert nichts Böses", erklärte Luke in ruhigem, aber bestimmtem Ton, die Kreatur nicht aus den Augen lassend. "Es ist ängstlich und verwirrt, das ist alles. Es weiß nicht, wo es hier ist – oder warum *wir* hier sind." Er holte tief Atem. "Es braucht nicht getötet zu werden."

Jacens Magen schien sich unter der kaum erträglichen Spannung, in der Luke seinen Weg fortsetzte, zu verknoten. Die langen Augenstiele des Ungetüms zitterten, und seine sechs baumstammartigen Extremitäten stampften mit der Schwerfälligkeit eines imperialen Kampfläufers. Es senkte sein dreieckiges Haupt und warf es ihn hin und her, als ob es mit seinem Gebiss Löcher in die Luft reißen wollte.

Plötzlich stieß es einen verwirrten, seltsam *weichen* Laut aus.

Jacen sog erschrocken den Atem durch die Zähne, und auch seine Schwester verkrampfte. Jacen war vielen fremden Tieren des Dschungels mit seiner Macht entgegengetreten, aber niemals etwas so Starkem wie diesem Monstrum – niemals einer solch brodelnden Masse aus Zorn und Irritation.

Luke befand sich nun in greifbarer Nähe des zottigen, wütenden Geschöpfs. Neben diesem Koloss wirkte der Jedi-Meister erschreckend winzig. Dennoch blieb er ruhig.

Peckhum ließ sich neben seinem zerschlissenen Frachter auf die Knie fallen. Sein Vorderlader lag in Reichweite, trotzdem wagte der Alte nicht, ihn aufzuheben. Sein Blick wechselte zwischen dem Monster und Luke hin und her, fand schließlich auch die drei jugendlichen Beobachter der Konfrontation und schweifte dann weiter ab in den Dschungel, als fürchtete er, es könnten noch mehr von diesen Kreaturen auftauchen.

Luke stand dem Gestalt gewordenen Alptraum bewegungslos gegenüber. Das Ungetüm schnaubte. Die Pupillen der Augenstiele waren unnachgiebig auf den Jedi-Meister gerichtet.

Luke hob seine Hand und drehte die Innenfläche nach oben.

Das Ungeheuer schien seine Witterung aufzunehmen, verharrte jedoch bewegungslos auf der Stelle. Seine tödlichen Fangzähne waren weniger als einen Meter von Luke Skywalker entfernt.

Im Dschungel wurde es still. Jeder Lufthauch erstarb. Jacen hielt den Atem an. Jaina drückte seine Hand. Tenel Ka kniff ihre kühlen grauen Augen zusammen.

Die Stille war so absolut, dass Lukes Flüstern, mit dem er den Moment völliger Erstarrung schließlich beendete, laut wie ein Gewehrschuss dröhnte.

"Verschwinde", sagte er, "hier gibt es nichts, was dich kümmern muss!"

Das Monster richtete sich auf den säulenartigen Hinterbeinen auf. Seine Augenfühler peitschten hin und her. Es stieß noch einen weiteren schrillen Trompetenton aus, wirbelte herum und floh ins dichte Unterholz. Zweige krachten und Bäume bogen sich zur Seite, als es eine breite Schneise in die unergründliche Tiefe des mondumspannenden Dschungels brach.

Als wäre eine Sehne gerissen, sanken Lukes Schultern vor Erschöpfung ein. Nur mit Mühe gelang es ihm, das Zittern zu unterdrücken, als Jacen, Jaina und Tenel Ka auf ihn zu kamen und seinen Namen riefen.

"Onkel Luke!"

Luke Skywalker drehte sich um und empfing die drei Freunde mit einem Lächeln.

Der alte Peckhum kam stolpernd näher und stützte sich auf das altertümliche Gewehr. In seinen Augen schimmerten Tränen. "Unglaublich, was Sie getan haben, Master Skywalker! Ich sah mich schon mausetot ... und Sie haben das Ungeheuer ohne eine Waffe bezwungen!"

"Ich war nicht ohne Waffe", widersprach Luke mit ruhiger Überzeugung. "Die Macht war mit mir."

"Ich wünschte, ich könnte so etwas auch", seufzte Jacen. "Das war wirklich beeindruckend."

"Auch du wirst einmal in der Lage sein, alles zu tun, worauf es dir ankommt, Jacen", ermunterte ihn Luke. "Du hast das Potential dazu – es fehlt dir nur noch an der nötigen Disziplin." Luke richtete seinen Blick in den Dschungel, wo immer noch aus der Richtung, in der das Ungeheuer sich seinen Weg durch den Wald stampfte, das Splittern von Ästen und Zerreißen von Büschen zu hören war. "Die Wildnis verbirgt noch viel Unbekanntes," sagte Luke lächelnd an die Adresse der Zwillinge und Tenel Ka. Dann nickte er in Richtung von Peckhums *Lightning Rod*, die immer noch mit offener Schleuse dastand; bis unter die Decke vollgestopft mit Kisten voller Versorgungsgüter und Ausrüstungsgegenstände. "Ich schätze, dass unser Freund Mr. Peckhum noch einen anstrengenden Tag vor sich hat. Da ist einiges auszuladen und wahrscheinlich kann er es kaum erwarten, in den sicheren Orbit zurückzukehren." Er schenkte dem alten, heftig nickenden Fährmann ein Lächeln. "Wie wäre es, wenn ihr drei es als ein spezielles Jedi-Training ansehen würdet, ihm ein wenig zur Hand zu gehen? Übrigens sollten wir darauf gefasst sein, dass –", er sah Jacen und Jaina mit leuchtenden

Augen an, "– euer Vater und Chewbacca uns morgen einen neuen Jedi-Schüler bringen."

"Dad kommt her?" Jainas Stimme überschlug sich.

"He, warum hast du uns das nicht schon früher gesagt?", fügte Jacen hinzu. Bei dem Gedanken, dass er seinen Vater nach fast einem Monat endlich wiedersehen würde, vollführte sein Herz einen Freudensprung.

"Es sollte eine Überraschung sein. Nach dem Zwischenstopp auf Chewbaccas Heimatwelt müssten sie in Kürze mit dem *Millennium Falken* hier eintreffen. Soviel ich weiß, haben sie Kashyyyk bereits wieder verlassen."

Aufgeregt und voller Vorfreude unterstützten die jungen Jedi-Ritter Peckhum bei der Löschung seiner Fracht. Es wurde ein hartes Stück Arbeit und verlangte vollste Konzentration auf ihre Jedi-Kräfte. Dafür waren sie aber auch in weniger als einer Stunde fertig.

Stolz erzählten Jaina und Jacen Tenel Ka von den unzähligen gefährlichen Abenteuern, die ihr Vater Han Solo bereits überstanden hatte. Innerlich jedoch stöhnte Jaina bei der Vorstellung, wieviel Arbeit noch auf sie wartete, wenn sie ihr Quartier so auf Vordermann bringen wollte, dass sie ihren Vater damit beeindrucken konnte.

Schließlich hob das alte Fährschiff wieder ab und verschwand mit Kurs auf den orangefarbenen Gasgiganten Yavin im dunstigen Himmel.

Die anderen waren bereits auf dem Weg zurück in den Tempel, als Jacen immer noch sehnsüchtig auf die Lichtung starrte. Das nächste Schiff, das dort landen würde, war der *Millennium Falke*!

4

"So", sagte Jaina und lockerte ihren geistigen Zugriff auf das entwirrte Knäuel aus Drähten und Kabeln. Das Durcheinander in dem Behälter, den sie sich vorgenommen hatte, war mehr oder weniger behoben. Auch die Regale mit elektronischen Bauteilen in ihrem Zimmer machten einen einigermaßen aufgeräumten Eindruck. "Das sollte reichen!" Sie nickte zufrieden.

"Bedeutet das, wir können endlich frühstücken gehen?", fragte Jacen. "Immerhin hast du die halbe Nacht hier totgeschlagen."

Schulterzuckend erwiderte Jaina: "Ich will Dad damit imponieren."

Jacen lachte. "Dad ordnet *seine* Sachen nie so sorgfältig!"

"Naja, das Gröbste haben wir jedenfalls hinter uns, nur noch ein paar Kleinigkeiten." Jaina grinste zurück. "Außerdem bleiben uns ja noch ein paar Stunden, bis sie hier sind."

Jacen schnaufte und erhob sich vom Boden, wo er gesessen und seiner Schwester in den unteren Regalen geholfen hatte. Er klopfte sich den Staub vom Overall und strich sich mit den Fingern durch die dichten braunen Locken. "Wie sehe ich aus?"

Jaina musterte ihn kritisch. "Wie jemand, der die ganze Nacht kein Auge zugetan hat."

Besorgt betrachtete sich Jacen in dem kleinen Spiegel, der über der Waschstelle hing. Erstaunt stellte Jaina fest, dass ihr Bruder wegen der bevorstehenden Ankunft ihres Vaters mindestens ebenso nervös und aufgeregt war wie sie.

"So schlimm ist es nun auch wieder nicht", versicherte sie ihm. "Es wäre allerdings besser, wenn du dir die Zweige und Blätter aus dem Haar entfernen würdest." Sie nahm einen frischen Overall aus dem Bettkasten. "Hier, zieh das an. Damit bist du gesellschaftsfähig."

Während Jacen nach nebenan ging, um sich umzuziehen, nahm Jaina seinen Platz vor dem Spiegel ein. Sie war nicht eitel, aber wie bei ihrer Unterkunft, legte sie auch bei sich selbst gewissen Wert auf ein ordentliches und adrettes Erscheinungsbild.

Sie kämmte ihr braunes Haar glatt und betrachtete sich skeptisch im Spiegel. Nachdem sie sich mit einem schnellen Blick über die Schulter vergewissert hatte, dass ihr Bruder noch nicht zurückgekehrt war, flocht sie aus einer Handvoll Strähnen einen Zopf. Solchen Aufwand hätte Jaina für keinen albernen Botschafter oder sonst einen Würdenträger betrieben – ihr Vater jedoch war die Mühe wert. Insgeheim hoffte sie, Jacen würde nichts davon bemerken oder zumindest nicht darüber lästern.

Zufrieden mit dem Resultat verließ sie ihr Quartier und streckte den Kopf in Jacens Unterkunft. "Sind deine Tiere versorgt?"

"Längst", antwortete er. Frisch angekleidet trat er vor seine Schwester. Er gab einen Stoßseufzer von sich. "Wenigstens *sie* haben ihr Frühstück schon bekommen."

Jaina nagte an ihrer Unterlippe, während ihre Augen voller Erwartung den Himmel nach einem Hinweis auf die bevorstehende Ankunft des *Millennium Falken* absuchten.

Mit Jacen stand sie am Rand der großen Lichtung vor der Jedi-Akademie, wo tags zuvor das schreckliche Ungetüm aufgetaucht war. Das niedrige Gras in diesem Bereich sah mitgenommen aus von den häufigen Starts und Landungen.

Jaina sog den Geruch des frühmorgendlichen Nebels ein, der dem die Lichtung umgebenden Urwald entstieg. Im Laubwerk raschelte und seufzte eine schwache Brise, die auch das Trällern, Zwitschern und Zirpen herantrug, das ihr die artenreiche Fauna des Dschungelmonds in Erinnerung rief.

Neben Jaina trat Jacen ungeduldig von einem Fuß auf den anderen. Voller nervöser Erwartung zog er seine Stirn in Falten.

Jaina seufzte. Warum brauchte alles, worauf man sehnsüchtig wartete, so unendlich lange, während Ereignisse, auf die man wenig oder gar keinen Wert legte, immer sehr schnell eintraten?

Jacen schien ihre Anspannung zu spüren, denn plötzlich drehte er sich mit schalkblitzenden Augen zu ihr um. "He, Jaina – weißt du, warum TIE-Jäger im Weltall so fürchterlich plärren?"

Sie nickte. "Sicher. Weil ihre beiden Ionenantriebe eine Abgasstoßfront bilden, die –"

"Falsch!" Jacen gestikulierte heftig. "Weil sie ihr Mutterschiff vermissen!"

Wie erwartet, stöhnte Jaina auf. Dennoch schien sie dankbar, für einen kurzen Moment vom Warten abgelenkt worden zu sein.

Schließlich näherte sich ein tiefes Summen, das anschwoll, als würde die Aufgeregtheit der beiden Wartenden plötzlich hörbar.

"Schau!" Jaina zeigte auf den silberweißen Fleck, der in diesem Augenblick hoch über den Baumwipfeln erschien.

Das Objekt verlor kurz seinen hellen Glanz, doch dann setzte der *Millennium Falke* zur Landung an. Jaina atmete stoßartig aus. Erstaunt registrierte sie, dass sie die Luft schon eine ganze Weile angehalten hatte.

Das Schiff ihres Vaters schwebte als vertraut stumpfnasiges Oval über ihren Köpfen – für quälend lange Augenblicke, die sich zur Ewigkeit zu dehnen schienen. Dann setzte es mit Umkehrschub sanft auf dem Boden der Lichtung auf. Der Hitzeschild des *Falken* knisterte und tickte noch, als das Maschinengeräusch längst zu einem schwachen Dröhnen herabgesunken war. Ozongeruch kitzelte in Jainas Nase.

Jaina wusste, dass das Herunterfahren der Energiesysteme des leichten corellianischen Frachters einige Zeit in Anspruch nehmen würde, aber sie hätte sich gewünscht, die Dinge wenigstens heute etwas beschleunigen zu können. Als ihre Aufgeregtheit den Siedepunkt erreichte, öffnete sich endlich die Schleuse des *Falken* und die hydraulische Rampe fuhr aus.

Ihr Vater eilte den Zwillingen entgegen, strich ihnen durch die Haare und versuchte, beide auf einmal zu umarmen, wie er es getan hatte, als sie noch kleine Kinder gewesen waren.

Dann trat Han Solo einen Schritt zurück, um seine Sprösslinge zu mustern. "Ich muss schon sagen", rief er schließlich aus und verzog das Gesicht zu dem breiten Grinsen, für das er berühmt war. "Von eurer Mutter einmal abgesehen, könnte ich mir kein schöneres Begrüßungskomitee vorstellen!"

"Aber Dad", Jacen verdrehte die Augen, "wir sind doch kein *Komitee.*"

Während ihr Vater lachte, nahm sich Jaina einen Augenblick Zeit, ihn näher zu betrachten. Erleichtert stellte sie fest, dass er sich in dem Monat, den sie nun schon von zu Hause fort waren, nicht verändert hatte. Wie immer trug er eine bequeme schwarze Hose, dazu passende Stiefel, ein offenes weißes Hemd und eine dunkle Weste – seine 'Arbeitskleidung', wie er diese Kluft manchmal scherzhaft bezeichnete. Auch der viel strapazierte *Millennium Falke* hatte nichts von seiner Zuverlässigkeit ausstrahlenden Vertrautheit verloren.

"Und, Dad?", fragte Jaina. "Haben wir uns verändert?"

"Hm, wenn du mich so direkt fragst ...", Han Solos Blick pendelte zwischen den Zwillingen hin und her. "Jacen, du bist schon wieder gewachsen! Ich wette, damit hast du deine Schwester eingeholt. – Und zu dir, Jaina", spöttelte er, "würde ich sagen, wenn ich nicht fürchten müsste, dass du einen Schraubenschlüssel nach mir wirfst, du bist noch hübscher geworden als vor einem Monat."

Jaina errötete und schnaubte undamenhaft, als hielte sie rein gar nichts von solchen Komplimenten, obwohl sie sich insgeheim unbändig darüber freute.

Ein lautes, hallendes Brüllen aus dem Innern des Schiffs rettete sie aus der Verlegenheit, auf die schmeichelhaften Worte ihres Vaters eine passende Antwort zu finden. Eine schwere Gestalt stampfte die Rampe herunter. Mächtige behaarte Arme griffen nach Jaina, bekamen sie zu fassen und warfen sie hoch in die Luft.

"Chewie!" Jaina lachte laut auf, als der riesige Wookiee sie wieder auffing. "Ich bin doch kein kleines Kind mehr!"

Nachdem Chewbacca dasselbe Begrüßungsritual bei

ihrem Bruder wiederholt hatte, sprach Jaina aus, was sie und Jacen dachten: "Es ist wunderschön, dich zu sehen, Dad, aber was führt dich zur Jedi-Akademie?"

"Ja", nickte Jacen. "Mom hat dich doch hoffentlich nicht zu uns geschickt, um nachzusehen, ob wir noch genügend frische Unterwäsche haben?"

"Nein, nichts dergleichen", versicherte ihr Vater lächelnd. "Um ehrlich zu sein, eigentlich sind Chewie und ich in diesen Sektor geflogen, um meinem alten Freund Lando Calrissian bei einem neuen Unternehmen zu helfen."

Lando, der zwielichtige, mit allen Wassern gewaschene Freund ihres Vaters, war Jaina immer sympathisch gewesen, so sehr, dass sie ihn am liebsten als "Onkel" adoptiert hätte – unabhängig davon, dass Lando immer in irgendwelche schwer durchschaubaren Geschäfte verwickelt war.

Sie hob die Hand, um ihren Vater zu unterbrechen. "Warte! Lass mich raten: Er eröffnet ein neues Kasino auf seiner Raumstation und möchte, dass du ihm eine Schiffsladung Sabacc-Karten vorbeibringst."

"Nein, nein, ich hab's", beteiligte sich Jacen an den Spekulationen. "Er eröffnet eine neue Nerf-Farm und du sollst ihm dabei helfen, die Umzäunungen zu errichten!"

Chewbacca warf den Kopf in den Nacken und blökte sein Wookiee-Lachen.

"Nicht mal annähernd richtig geraten", verneinte Han Solo kopfschüttelnd. "Nein, es geht um Corusca-Edelstein-Schürfungen auf dem Gasgiganten." Er deutete zu der orangefarbenen Scheibe des Planeten Yavin über ihren Köpfen. "Er hat uns gebeten, ihm bei den notwendigen Vorbereitungen zu helfen."

"Oh, verdammt", Jacen schnippte mit den Fingern, "das wäre meine *zweite* Vermutung gewesen."

Abermals drang aus dem *Millennium Falken* lautes Wookiee-Gebrüll. Chewbacca drehte sich um und trottete auf die Rampe zurück.

"Was war das?", wollte Jaina wissen.

"Oh, ich vergaß ganz zu erwähnen", entschuldigte sich Han. "Als Luke erfuhr, dass wir ohnehin hierher kämen, bat er uns, einen Zwischenstopp auf Chewies Heimatplaneten Kashyyyk einzulegen, um einen weiteren Jedi-Kandidaten aufzunehmen. Ihr bekommt einen neuen Mitschüler!"

Noch während Han sprach, stiefelte Chewbacca bereits wieder die Rampe herunter, gefolgt von einem kleineren Wookiee, der Jacen oder Jaina allerdings immer noch um einiges überragte. Im Fell dieses jungen Wookiees zeichneten sich dichte hellrote Wirbel ab; knapp oberhalb seines linken Auges begann ein auffälliger, sich kräuselnder schwarzer Streifen, der sich über den Kopf bis etwa zur Mitte des Rückens fortsetzte und ungefähr die Breite von Jainas Hand hatte. Ansonsten trug der Neuankömmling nur einen gewebten Gürtel aus glänzenden Fasern, deren Beschaffenheit Jaina nicht genau bestimmen konnte.

"Ich möchte, dass ihr Chewies Neffen Lowbacca kennenlernt. – Lowbacca, meine Kinder Jacen und Jaina ..."

Lowbacca wackelte mit dem Kopf und knurrte eine Wookiee-Begrüßung. Selbst für seine Spezies war er auffallend schlaksig, mit dünnen, fellbedeckten Armen und Beinen. Der junge Wookiee war sichtlich nervös. Chewbacca bellte Han eine Frage zu und winkte mit dem Arm in Richtung Tempel.

"Sicher", sagte Han, "geh ruhig voraus und führ ihn zu

Luke. Die Kinder können sich auch später noch richtig kennen lernen."

Während sich die beiden Wookiees aufmachten, um Luke zu finden, sagte Han: "Wartet kurz hier, ich habe noch etwas für euch." Hastig eilte er in den *Falken* zurück. Als er nach einigen Sekunden wieder auftauchte, waren seine Arme voll beladen mit seltsamem Päckchen und Grünzeug.

"Fangen wir", sagte er und überreichte ihnen einige Nachrichtendisks, "mit den Holobriefen an, die eure Mutter für euch aufgenommen hat. Da ist auch einer von eurem Bruder Anakin darunter. Er kann es kaum erwarten, selbst hierher zu dürfen."

Erwartungsfroh betrachtete Jaina die funkelnden Nachrichtendisks. Sie war begierig darauf, sie abzuspielen, ließ sie aber zunächst in eine Tasche ihres Overalls gleiten.

"Und nun ..." Han hielt einen großen Strauß aus grünem Farn hoch, der mit sternförmigen purpurroten und weißen Blüten besetzt war, und wedelte damit grinsend in der Luft.

"Oh, Dad, du hast daran gedacht ...!" Jacen sprang entzückt vor. "Die Lieblingsspeise meiner Stumpf-Eidechsen!" Freudig nahm er den blättrigen Strauß entgegen. "Ich werde sie sofort füttern gehen. Bis später, Dad." Mit diesen Worten machte er sich in Richtung des Großen Tempels davon.

Jaina stand nun allein bei ihrem Vater und blickte erwartungsvoll auf das verbliebene sperrige Paket, das er noch in den Armen hielt. Er setzte es auf dem unkrautüberwucherten Boden der Lichtung ab und trat zurück, sodass Jaina die Dekorationen entfernen konnte.

"Toll verpackt, Dad", sagte sie lächelnd.

"Man tut, was man kann." Han breitete seine Hände aus.

Als sie die letzte Hülle entfernt hatte, schnappte Jaina hörbar nach Luft. Sie schaute zu ihrem Vater auf, der breit grinsend neben ihr stand und lässig mit den Achseln zuckte.

"Eine Hyperantriebseinheit!", jauchzte sie.

"Aber nicht funktionsfähig, wenn du das meinst", wiegelte er ab. "Und außerdem ziemlich veraltet. Ich habe sie aus einem imperialen Shuttle der Delta-Klasse geborgen, das auf Coruscant demontiert worden ist."

Jaina dachte voller Liebe an die Zeiten, als sie ihrem Vater dabei helfen durfte, die Subsysteme des *Falken* zusammenzuflicken, um ihn wieder in Höchstform zu bringen – das Ergebnis konnte sich jedenfalls sehen lassen.

"Oh, Dad, du hättest mir kein schöneres Geschenk machen können!" Sie sprang an ihm hoch, schlang ihre Arme um seine dunkle Weste und umarmte ihn fest.

Ihr Vater ließ sich ihre Begeisterung gern gefallen, auch wenn er ein bisschen verlegen schien. Dann hob er eine Braue und fasste sie scharf ins Auge. "Vielleicht sollte ich dir sagen, dass es noch ein paar andere Teile an Bord gibt, die dich interessieren werden. Wenn du mir hilfst, sie auszuladen, könnte dein Dad dir zeigen, wie man sie zusammensetzt ..."

Sie konnte es kaum erwarten, ihm ins Schiff zu folgen.

5

Es wurde später Vormittag, bis Jacen und Jaina ihrem Vater, Chewbacca und dessen Neffen Lowbacca wiederbegegneten. Die Zwillinge hatten Stunden mit den ihnen zugeteilten Aufgaben und Lektionen der Jedi-Ausbildung zugebracht und befanden sich nun auf dem Weg zurück zu ihren Zimmern, als die drei aus einem der Bereiche traten, die bis vor kurzem noch unbewohnt gewesen waren.

"Hallo!" Jacen eilte, seine Schwester im Schlepptau, Lowbacca entgegen. "Bist du noch müde von der Reise? Falls nicht, könnte ich dir mein Quartier zeigen. Ich besitze ein paar wirklich ungewöhnliche Haustierchen. Die meisten stammen von draußen aus dem Dschungel. Jaina hat Käfige für sie gebaut, du musst sie unbedingt sehen, und Jaina möchte dir bestimmt auch ihr Zimmer zeigen. Es ist voll gestopft mit defekten Ausrüstungsgegenständen, und irgendwie schafft sie es immer wieder, die tollsten Dinge daraus zu machen!" In seiner Begeisterung vergaß Jacen beinahe, Luft zu holen.

Der viel größere Lowbacca sah auf den Menschenjungen herab, der vor ihm stand und pausenlos auf ihn eindrang: "Magst du Tiere? Bastelst du gern an irgendwelchen Dingen herum? Hast du selbst ein Haustier oder etwas anderes von Kashyyyk mitgebracht? Bist du ein Freund von ...?"

Jacens Vater lachte über diesen Wasserfall von Fragen. "Dafür habt ihr später noch genug Zeit. Wir verbringen den Rest des Vormittags mit Luke, und dann bringen wir Lowbacca in sein Quartier. Wie wär's, wenn ihr anschließend mit ihm einen Rundgang durch die Akademie macht und ihm die Örtlichkeiten zeigt? Ihr kennt euch hier bestimmt besser aus als Chewie oder ich."

"Es wird uns ein Vergnügen sein", sagte Jaina.

"Wir sind die perfekten Fremdenführer", ergänzte Jacen achselzuckend. "Jaina und ich kennen die Jedi-Akademie schon seit unserem zweiten Lebensjahr." Er zeigte ein selbstbewusstes Grinsen – genau jenes, von dem seine Mutter immer behauptete, es ließe ihn wie seinen Vater aussehen.

Lowbacca gab einen fragenden Knurrlaut von sich. "Er möchte wissen, wieviele Male ihr diese Führung schon gemacht habt", übersetzte Han.

"Nun", meinte Jacen errötend, "wenn ihr die *offizielle* Zahl hören wollt, dann, hm ..." Seine Stimme geriet ins Stocken.

"Ich glaube, er möchte euch sagen", mischte sich Jaina mit fester Stimme ein, "dass dies das allererste Mal ist."

Lowbacca wechselte einen Blick mit seinem Onkel. Chewbacca bellte kurz, hob den braun behaarten Arm und wies damit auf den langen Korridor.

"Du hast vollkommen Recht", sagte Han, "lasst uns gehen."

Die Zwillinge führten die Gruppe über die moosigen, von Rissen durchsetzten Stufen hinab zur Hauptebene und dann hinaus auf die grasbewachsene Lichtung vor dem Großen Tempel. Jacen gab sich alle Mühe, sich seiner neuen Rolle als Fremdenführer würdig zu erweisen, und bezog jede der quadratischen Etagen der monumentalen

Pyramide in seine Erklärungen ein. "Ganz oben befindet sich eine Beobachtungsplattform, von der aus man einen der besten Ausblicke auf den Planeten Yavin hat – einen noch besseren hat man allerdings, wenn man auf einen der riesigen alten Massassi-Bäume des Dschungels klettert", sagte er mit einem Auflachen. "Die oberste Pyramidenstufe besteht aus einem einzigen gewaltigen Raum, den wir den Großen Vorlesungssaal nennen. Er fasst Tausende von Zuhörern."

"Dort versammeln sich die Jedi-Schüler, wenn Onkel Luke – ich meine Master Skywalker – seinen Unterricht abhält", ergänzte Jaina.

Jacen berichtete, dass die unteren Ebenen in den letzten Jahren umgestaltet worden waren. Auf der Etage direkt unter dem Großen Vorlesungssaal befanden sich die Unterkünfte derjenigen, die in der Akademie lebten – die Schüler, das Personal und Master Skywalker selbst. Außerdem waren hier Vorrats- und Meditationsräume sowie Gästezimmer für normale Besucher und Würdenträger untergebracht.

Die großflächige Bodenstufe der Pyramide umfasste das Kommunikationszentrum, die Hauptcomputer, Auditorien, Büros, Küche und Speiseräume. Außerdem lag hier das Strategiezentrum – jene Kammer, die als Kriegsraum gedient hatte, damals, als der Tempel noch ein geheimer Rebellenstützpunkt gewesen war. Im unteren Geschoss, nicht einsehbar von dort, wo sie gerade standen, befanden sich eindrucksvolle Hangars, in denen Shuttles und Hochgeschwindigkeitsmaschinen, Abfangjäger und andere Fahrzeuge auf ihren Einsatz warteten.

An zwei Seiten des Großen Tempels und entlang der Landefläche strömten breite Flussarme, jenseits derer sich die üppigen und fast unerforschten Dschungel des vierten Yavin-Mondes erstreckten.

"Die Tempelanlage wurde von den Massassi erbaut, einem uralten geheimnisumwobenen Volk. Es existieren über den Dschungel verstreut noch viele andere Bauten", erklärte Jacen. "Einige sind nur noch Ruinen – etwa der Woolamander-Palast auf der anderen Flussseite."

Dann versuchte er, dem Neuankömmling die Funktionsweise einer Stromerzeugungsstation zu erläutern, die neben dem Haupttempel untergebracht war und zu der eine Anzahl aufrecht stehender tellerartiger Räder gehörte, doppelt so groß wie Jacen selbst und in ihrer Mitte durch eine längliche Achse verbunden.

Jaina unterbrach die umständlichen Ausführungen ihres Bruders: "Dank eigener Stromgewinnung, dem Fluss und den Ressourcen des Dschungels ist die Jedi-Akademie in der Lage, sich weitgehend selbst zu versorgen. Kommt jetzt, lasst uns hineingehen."

Die Führung endete bei den Quartieren der Zwillinge, wo Jacen und Jaina die Gelegenheit nutzten, ihrem Vater und den beiden Wookiees ihre jeweiligen Schätze, sprich ihre Haustiere und technischen Kabinettstückchen zu präsentieren. Han Solo strahlte vor väterlichem Stolz, und Lowbacca signalisierte höfliches, wenn auch zurückhaltendes Interesse an Jacens Menagerie.

Als die Gruppe in Jainas Zimmer wechselte, steckte Jacen rasch die von ihm vorgeführte Kristallschlange in ihren Käfig zurück und eilte den anderen hinterher. Als er durch die Tür trat, war Lowbacca schon ganz in die Ansammlung von Apparaten und Drähten vertieft, die er auf dem Boden von Jainas Zimmer vor sich ausgebreitet hatte. Demzufolge hegte er weitaus größeres Interesse an Elektronikteilen als an wilden Dschungeltieren.

"Beschäftigst du dich gern mit Maschinen, Chewie – äh, ich meine Lowbacca?" Jaina beugte sich zu dem hageren Wookiee hinunter.

Das behaarte Wesen brachte seine Faszination mit einer solchen Flut von grollenden Grunz- und Knurrtönen zum Ausdruck, dass Jacen sprachlos darüber nachsann, wie eine einfache, mit Ja oder Nein zu beantwortende Frage zu einer solch lebhaften Stellungnahme animieren konnte.

Wie üblich übernahm ihr Vater die Rolle des Dolmetschers: "Zunächst einmal würde Lowbacca es als großen Freundschaftsbeweis ansehen, wenn ihr ihn kurz und bündig Lowie nennen würdet."

Jacen nickte erfreut. "Lowie, hm, das gefällt mir!"

"Und ansonsten ...", fuhr Han fort, "nun, wenn ich ihn richtig verstanden habe, gilt seine größte Leidenschaft allem, was mit Computern zu tun hat."

Jaina klopfte dem jungen Wookiee auf die Schulter: "Na, das passt ja hervorragend! Ich denke, wir werden ein gutes Team abgeben! Was meinst du, Lowie?"

Chewbacca brummte seine Zustimmung.

Jainas Stirn furchte sich in plötzlicher Besorgnis. "Dad", sagte sie, "offenbar hat Lowie unsere Sprache ebenso studiert wie Chewie und versteht sie. Aber wir verstehen *ihn* nicht. Immerhin hast du Jahre gebraucht, um die Wookiee-Sprache zu erlernen. Kannst du mir sagen, wie er hier zurechtkommen soll, wenn niemand ihn verstehen kann?"

Jacen sah den jungen Wookiee an und nickte zustimmend. "Wer wird uns übersetzen?"

An diesem Punkt wurden sie von einem triumphalen Brüllen Chewbaccas unterbrochen.

"Dafür gibt es eine Lösung", sagte Han, klatschte und rieb sich die Hände. "3PO und Chewie haben etwas ausgetüftelt."

Chewbacca drehte sich um und zeigte ihnen einen glänzenden Metallgegenstand. Der eiförmige, silbrig schimmernde Apparat war etwas länger als Lowies Hand und ungefähr vier Finger dick. Eine Seite wirkte eingedellt, war flacher und an den Kanten abgerundet.

Das Ganze ähnelte ein wenig einem Gesicht. Auf dem oberen Drittel waren zwei gelbe optischen Sensoren angebracht. Etwas weiter zur Mitte hin befand sich eine mehr oder weniger dreieckige Hervorhebung und dicht darunter eine durchlöcherte rechteckige Fläche, die für Jacen wie eine Lautsprecherabdeckung aussah.

Chewbacca machte sich an der Rückseite der Erfindung zu schaffen, worauf die gelben Sensorpunkte zu flackern begannen. Aus der Sprechvorrichtung klang eine blecherne, dünne Stimme, die gewissenhaft und korrekt erklärte: "Begrüßung. Ich bin ein Miniatur-Übersetzer-Droide – kurz MTD – und auf Mensch-Wookiee-Kontakte spezialisiert. Ich beherrsche *sechs* Kommunikationsformen fließend. Die hauptsächliche Aufgabe meines Programms besteht darin, Wookiee-Laute in die Sprache der Menschen zu übersetzen." Nach einer erwartungsvollen Pause fügte die Stimme hinzu: "Kann ich behilflich sein?"

Jacen lachte. "Das glaube ich einfach nicht!"

Jaina schnappte nach Luft und sagte: "Das klingt ganz nach 3PO!"

"Leider", nickte ihr Vater, den Mund zu einem Schmunzeln verzogen. Er kratzte sich mit einem Finger lässig unter dem Kragen. "Für meinen Geschmack ist es ein bisschen *zuviel* 3PO. Aber da er den Großteil der Programmierung von MTD übernommen hat, müssen wir wohl damit leben." Er zuckte entschuldigend mit den Achseln. "Warum testet ihr das Gerät nicht während des Mittagessens? Chewbacca und ich haben noch geschäftlich mit Luke zu reden, und am späten Nachmittag wollen wir schon wieder mit dem *Falken* starten, um uns mit Lando in seiner Minenstation zu treffen."

Der Gemeinschaftsraum, den die Jedi-Schüler als Speisesaal benutzten, war mit Holztischen möbliert, deren Höhe stark variierte. Die Sitzgelegenheiten – Stühle, Bänke, Nester, Simse, Kissen oder Hocker – besaßen die unterschiedlichsten Formen, um den spezifischen Bedürfnissen und anatomischen Merkmalen der Studenten gerecht zu werden. Während sich einige Schüler der Jedi-Akademie, deren Organismus ähnlich dem von Pflanzen funktionierte, hinaus auf die hellen warmen Stufen des Großen Tempels begeben hatten, um die Strahlen von Yavins weißer Sonne aufzusaugen, photosynthetisch in Nahrung umzuwandeln und ihren Verdauungsmündern außerdem kleinere Mengen Mineralien zuzuführen, saßen im Speisesaal Dutzende Spezies zusammen und labten sich an exotischen Gerichten, die sie von ihren jeweiligen Heimatplaneten her gewohnt waren.

Jacen lief einen Schritt hinter den anderen und ließ sich immer noch über die alten Massassi-Tempel aus, während Jaina auf einen Tisch am Ende des Saals zusteuerte, der über einen geeigneten Sitz für Lowbacca verfügte. Bislang hatte Jacen dem Wookiee kaum mehr als ein seltenes Nicken oder eine ähnlich knappe Geste entlocken können. Lowbacca schien tief in Gedanken versunken und vollauf damit beschäftigt zu sein, alle Gerüche, Geräusche und andere Wahrnehmungen zu verarbeiten.

Entschlossen, endlich eine richtige Unterhaltung mit dem neuen Mitschüler zu führen, überlegte Jacen, welche Frage wohl am geeignetsten wäre, um den Wookiee in ein Gespräch zu verwickeln. *Also, Lowie, was brauchst du alles, um dich hier einzurichten?*

Zugegeben, ein etwas dummer Auftakt. Wie wäre es statt dessen mit *Wie alt bist du eigentlich?*

Nein, eine derartige Frage würde ihm bestenfalls eine knappe Erwiderung einbringen. Außerdem hatte ihr Vater es ihnen bereits heute früh verraten: Lowie war neunzehn und damit nach Wookiee-Maßstäben kaum den Kinderschuhen entwachsen. Vielleicht würde *das* funktionieren: *Wie hast du herausgefunden, dass du ein Jedi-Ritter werden willst?*

Ja, das war gut!

Doch bevor er dazu kam, die Frage zu stellen, setzte sich Tenel Ka schwungvoll auf den Sitz neben Jacen, genau gegenüber Lowbacca. "Sieh an, ein Neuling", sagte sie und akzeptierte die Anwesenheit des Wookiees damit auf die für sie typische kurz angebundene und direkte Weise.

"Lowie", stellte Jacen sie einander vor, "das ist unsere Freundin Tenel Ka vom Planeten Dathomir."

"Und dies", übernahm Jaina von ihrer Seite des Tisches aus, "ist Lowbacca, Chewbaccas Neffe von Kashyyyk, dem Heimatplaneten der Wookiees."

Tenel Ka stand noch einmal förmlich auf, warf ihr rötlich goldenes Haar zurück und neigte grüßend den Kopf. "Lowbacca von Kashyyyk, ich grüße dich", sagte sie, ehe sie ihren Sitz wieder einnahm. Lowbacca nickte erwidernd und ließ dreimal hintereinander ein kurzes Knurren verlauten.

Jacen blickte auf den kleinen Übersetzerdroiden an Lowies Gürtel, aber nichts passierte.

"Was ist", drängte schließlich auch Jaina, "willst du es uns nicht übersetzen, MTD?"

"Himmel, Mistress Jaina, es *tut mir leid*", reagierte der winzige Droide mit seiner blechernen und zudem zerknirscht klingenden Stimme. "Oh, wie furchtbar! Ich vermassele die erste echte Bewährungsprobe, um Master Lowbacca meine hilfreiche Unterstützung beweisen zu können. Aber ich versichere Ihnen, Masters und Mistresses, dass ich mich von nun an bemühen werde, jede Übersetzung so schnell und eloquent wie nur möglich –"

Lowbacca unterbrach die ausufernden Selbstvorwürfe des Droiden mit einem strengen Knurrton.

"Übersetzung?", echote MTD perplex. "Welche *Übersetzung*? Oh! Oh, ich verstehe ... Ja, natürlich. Kommt sofort."

Der Droide produzierte ein Geräusch, das in den Ohren der verblüfften Zuhörer verdächtig nach einem Räuspern klang. Dann legte er los: "Master Lowbacca erklärte soeben, ich zitiere: 'Sollte ich mich jemals durch eure Gegenwart nicht so geehrt fühlen wie in diesem Augenblick, mögen Sonne und Mond auf ewig ihr Antlitz vor mir verhüllen, auf dass ich bei Tag wie bei Nacht im Dunkeln wandle!'"

Jaina rollte mit den Augen, und Jacen schüttelte verständnislos den Kopf. Nur Tenel Kas Gesicht blieb ausdruckslos.

Aus dem Augenwinkel erspähte Jacen den mehr als lästigen Studenten Raynar in seinem farbenfrohen Gewand. Er grinste ihnen vom Nebentisch aus zu. Robots wuselten herum und servierten Schalen, die bis zum Rand mit Essen gefüllt waren.

Jacens Aufmerksamkeit wurde wieder an den eigenen Tisch gelenkt, als Lowie etwas in die Sensoroptik von MTD brummte.

"Also, ich weiß wirklich nicht, was es an meiner Übersetzung auszusetzen gibt", mokierte sich der Droide, während ein Robot eine Platte mit dampfendem, blutig rotem Fleisch vor dem Wookiee abstellte. "Ich bemühe mich lediglich, das Gesagte etwas *zivilisierter* klingen zu lassen!"

Lowbaccas drohende Knurrlaute ließen keine Zweifel an seiner Meinung über das sprachästhetische Empfinden des Droiden.

"Schon gut, schon gut", räumte MTD beleidigt ein. "Vielleicht wäre es eine originalgetreuere Übersetzung von Master Lowbaccas Worten gewesen, wenn ich formuliert hätte: 'Die Sonne schien nie strahlender auf einen bescheidenen Wookiee wie mich, als an dem Tag, da wir uns trafen.'"

Jacen nahm eine heiße Tasse mit Suppe entgegen, die ihm seine Schwester über den Tisch reichte. Dann warf er einen fragenden Blick auf Lowie, der MTD erneut anknurrte.

"Gut, dann eben *ganz* mit Ihren Worten", lenkte der Droide ein, der immer noch etwas eingschnappt schien, obwohl seine Stimme nun einen unterwürfigen Klang annahm. "Aber ich möchte darauf hinweisen, dass meine *Interpretationen* sehr viel anspruchsvoller waren. Nun denn, was Master Lowbacca *wörtlich* sagte, war: 'Nett, euch zu treffen!'"

Der Wookiee bekundete hörbar seine Zufriedenheit,

und Tenel Ka erklärte so nüchtern, als hätte sie die vorausgegangenen Übersetzungen bereits wieder vergessen: "Gleichfalls, Lowbacca."

Als ein Automatentablett an ihnen vorbei zu Raynars Nebentisch rollte, beugte sich Tenel Ka darüber, angelte sich den letzten darauf befindlichen Krug mit frischem Saft, füllte reichlich von der rubinroten Flüssigkeit in jede ihrer Tassen und stellte den Krug schließlich mit einem sachten *Rumms* auf den Tisch ab. Als sie die Tasse feierlich hob, blinzelte sie den Wookiee aus kühlen grauen Augen an und sagte: "Jacen und Jaina sind bereits meine Freunde. Auch dir biete ich Freundschaft an, Lowbacca von Kashyyyk!"

Da der Wookiee unsicher schien, wie er reagieren sollte, drückte Jaina ihm eine Tasse in die Hand, und Jacen prostete Lowbacca entschlossen mit dem Ausruf zu: "Freundschaft!"

"Freundschaft", wiederholte Jaina.

Nickend hielt Lowie seinen Trinkbecher hoch, warf den Kopf in den Nacken und stieß ein Gebrüll aus, das durch den ganzen Raum dröhnte.

Die feine Stimme des Übersetzerdroiden unterbrach die danach einkehrende Stille: "Master Lowbacca nimmt das Freundschaftsangebot mit Freuden an und entbietet den Anwesenden die seine." Zur allgemeinen Überraschung traf der Wookiee diesmal keinerlei Anstalten, MTD zu korrigieren.

"Angenommen!" Tenel Ka nahm einen tiefen Schluck. Nachdem die anderen es ihr gleich getan hatten, sagte sie: "Von nun an sind wir also Freunde!"

"Und das bedeutet", warf Jaina ein, "dass du ihn Lowie nennen darfst."

Tenel Ka überdachte Jainas Worte einen Augenblick lang, entschied dann aber: "Ich denke, ich ziehe es vor, ihm meine Ehrerbietung weiterhin zu zeigen, indem ich ihn mit seinem vollen Namen anspreche!"

An einem der anderen Tisch saßen drei junge reptilienartige Cha'a um ein Tablett voller warmer, hin und her kullernder Eier, auf die sie wie hypnotisiert starrten. Von Natur aus Räuber, fielen die Cha'a hemmungslos über die pinkfarbene, frisch entschlüpfende Brut her, nachdem die Eierschalen Sprünge gebildet und sich geöffnet hatten.

Zwei Flugwesen, die sich pfeifend miteinander unterhielten, aßen gemeinsam von einem großen Teller, auf dem sich dünne, flauschig blau behaarte Fäden wanden - klebrige, zuckende Raupen, die sie eine nach der anderen genussvoll durch die engen Hornschnäbel schlürften.

Jacen versuchte an etwas Amüsanteres zu denken, während er seine Suppe löffelte. Etwas, womit er die ins Stocken geratene Unterhaltung wieder ankurbeln konnte. Plötzlich nahm er aus den Augenwinkeln heraus eine schemenhafte Bewegung wahr – eine schwache Reflexion, die sich gleitend auf den Nebentisch zubewegte. Die Konturen einer ... Schlange.

Jacen schlug das Herz bis in die Kehle. Er konnte sich nicht entsinnen, den Käfig der Kristallschlange wieder richtig verschlossen zu haben, nachdem sein Vater und die beiden Wookiees die Besichtigung seines Quartiers beendet hatten.

"He", rief Raynar und lehnte sich neben ihnen über den Tisch. Sein grelles Gewand leuchtete so stark, dass Jacens Augen schmerzten. "Hättet ihr etwas dagegen, uns unseren Saft zurückzugeben?"

Raynar setzte seine Jedi-Macht ein, um den Krug von

ihrem Tisch zu heben und ihn durch die Luft in seine Richtung zu dirigieren. "Das nächste Mal fragt gefälligst, bevor ihr euch einfach davon nehmt!"

Er lehnte sich zurück und verschränkte selbstzufrieden die Arme vor der Brust.

Gerade in diesem Augenblick fiel das Licht günstig auf die Kristallschlange. Jacen konnte sie deutlich erkennen. Sie richtete sich in Raynars Schoß auf und fauchte ihn an. Der flache Dreiecksschädel starrte dem Jungen unverwandt ins Gesicht.

Raynar entdeckte sie, schrie gellend auf und verlor die Kontrolle über seine Jedi-Kräfte. Der Krug geriet ins Schwanken, kippte und ergoss seinen dunkelroten flüssigen Inhalt über die komplette, zuvor blitzsaubere Kleidung des Jungen.

Jacen sprang auf und stürmte auf die Schlange zu. Er musste sie einfangen, bevor sie noch mehr Schaden anrichten konnte. Als Jacen versuchte, die Schlange aus dem Schoß des Jungen zu entfernen, fühlte sich Raynar von allen Seiten angegriffen und brüllte lauthals vor Entsetzen.

Als er und Jacen miteinander rangelten, kippte der ganze Tisch. Brauner Pudding, verschiedene Getränke, komplette Mahlzeiten wurden auf Raynars Tischnachbarn katapultiert.

Tenel Ka, die zwar nicht wusste, worum es eigentlich ging, aber immer bereit war, für ihre Freunde Partei zu ergreifen, mischte sich kurzerhand in das Geschehen ein. Sie nahm Jacens heiße Suppe und schleuderte sie auf Raynars Freunde, die sich angesichts dieses Angriffs aus hinterer Front sofort zu einer entsprechenden Gegenaktion herausgefordert fühlten.

Ein Tablett mit in Honig eingelegten Nudeln segelte durch den halben Speisesaal auf Jaina zu, die sich gerade noch rechtzeitig ducken konnte. Statt sie zu treffen, klatschten die Nudeln gegen einen struppigweiß befellten Talz – eine bärenähnliche Gestalt, die sich protestierend aufrichtete und eine melodiöse Missfallensäußerung artikulierte. Als Jaina die Nudeln über das weiße Fell des Mitschülers verteilt sah, konnte sie sich ein Schmunzeln nicht verkneifen.

Inzwischen versuchte Jacen verzweifelt, sich aus Raynars Umklammerung zu lösen. Während er mit dem völlig hysterischen Jungen zu kämpfen hatte, gelang es der Schlange, sich seinem Zugriff zu entwinden. Raynar schrie, als ob er ermordet werden sollte, aber Jacen achtete kaum darauf, da er die Schlange bereits unter den Essenstischen hindurch verfolgte. Als er bei einem erneuten Versuch, die Schlange zu packen, einen Tisch umwarf, konnte er die glatten, spröden Schuppen mit den Fingerspitzen fühlen – dennoch gelang es der Schlange, sich abermals aus dem Staub zu machen, ehe er sie richtig zu fassen bekam.

Ein weiterer gedeckter Tisch musste dran glauben, als Lowie zu Hilfe eilte. Die beiden Vogelwesen kämpften flügelschlagend um den Inhalt ihres Tellers, jene Delikatesse aus sich krümmenden, blauen Fadenwürmern.

Immer mehr Essen flog, von Jedi-Kräften angehoben, durch die Luft und von einem Tisch zum anderen. Die Jedi-Studenten kreischten vor Vergnügen und betrachteten das Ganze als willkommene Abwechslung von der üblichen Anspannung ihrer Studien und den harten Konzentrationsübungen, die ihnen sonst abverlangt wurden.

Gedünstete Blätter klatschten in die Gesichter der

Cha'a und zerstörten endgültig ihre rituelle Nahrungsaufnahme. Alle drei schnellten von ihren Plätzen auf, um den Attacken zu begegnen. Rücken an Rücken standen sie fauchend und mit starrem Blick in perfekter Verteidigungsformation. Auf der Servierplatte schlüpfte derweil die Brut ungerührt weiter aus den milchig braunen Eiern, und manches der pinkfarbenen flaumigen Küken nutzte die Gelegenheit, um zu entkommen.

Lowie stieß ein markerschütterndes Wookiee-Gebrüll aus, und MTD quiekte in schriller Panik: "Ich kann nichts sehen, Master Lowbacca! Lebensmittel verkleistern meine optischen Sensoren! Ich bitte um sofortige Säuberung ...!"

R2-D2 rollte in den Speisesaal und gab einen elektronischen Heuler von sich, aber seine Droidenstimme ging völlig unter im Gelächter und in dem Tumult, den das durcheinanderfliegende Essen verursachte. Bevor R2-D2 sich umdrehen und Alarm geben konnte, landete ein randvolles Tablett mit cremigen Dessert-Törtchen auf seiner Kuppelspitze. Daraufhin trat der astromedizinische Droide hastig den Rückzug an.

Als die Kristallschlange ihre Flucht in Richtung der rissigen Steinwände lenkte, kämpfte sich Jacen verzweifelt nach vorn. Seine ausgestreckte Hand bekam den gepunkteten Schwanz zu fassen. Sofort bog sich die Schlange in einer kaum wahrnehmbaren, geschmeidigen Bewegung herum und richtete ihre blitzenden Fänge gegen Jacen, bereit, die sie festhaltende Hand zu beißen. Aber Jacen hob die andere Hand und bediente sich gleichzeitig der Macht, um Einfluss auf das winzige Schlangenhirn zu nehmen.

"He! Wage es bloß nicht!", sagte er laut.

Dann, als die Schlange zögerte, umklammerte er ihren Nacken und hob sie in die Luft. Der untere Teil des langen Körpers peitschte hin und her. Unbeeindruckt wikkelte Jacen sich die Schlange um den Arm und sandte beruhigende Impulse in ihren Geist. Erleichtert grinsend stand er auf.

"Ich habe sie!", rief er triumphierend – bevor ihm drei vollreife Früchte mitten ins Gesicht und gegen die Brust klatschten. Die weichen Schalenfrüchte zerplatzten und verspritzten ihr purpurfarbenes Mark. Jacen spuckte wütend um sich, doch dann konnte auch er sich der allgemeinen Heiterkeit nicht länger entziehen. Er brach in schallendes Gelächter aus, sorgsam allerdings darauf bedacht, die Schlange nicht noch einmal loszulassen.

"Aufhören!" Eine unüberhörbare Stimme, verstärkt durch die Macht, hallte durch den Speisesaal.

Von einem Moment zum anderen trat Stille ein. Alles schien zu erstarren. Es war, als würde die Zeit selbst zum Stillstand kommen. Das zuletzt in der Luft befindliche Essen blieb unschlüssig in der Schwebe; Tropfen von Flüssigkeit waren an den Tischkanten ins Stocken geraten. Alle Geräusche erstarben, bis auf den keuchenden Atem der Schüler.

Luke Skywalker stand mit ernster Miene im Eingang des Saals und überblickte das zur Ruhe gekommene Schlachtfeld. Jacen versuchte, den Ausdruck im Gesicht seines Onkels zu bestimmen und kam zu dem Schluss, dass er Verärgerung, aber auch ein wenig versteckte Belustigung beinhaltete.

"War das die einzige Herausforderung, die ihr finden konntet, um eure Kräfte zu messen?", fragte Luke seine betretenen Studenten. Er deutete auf all die erstarrten Spuren der Essensschlacht, und einen Moment lang wirkte er überaus traurig. Dann wandte er sich zum Gehen –

doch nicht schnell genug. Jacen war das Lächeln, das sich über Onkel Lukes Gesicht ausbreitete, nicht entgangen.

Kurz bevor er den Raum verließ, drehte er sich noch einmal um und rief: "Vielleicht solltet ihr eure Jedi-Kräfte dazu nutzen, den ganzen Dreck hier zu beseitigen?" Er machte eine weit ausholende Geste mit dem rechten Arm - und im gleichen Augenblick purzelten die schwebenden Tabletts, Suppenschüsseln, Dessertschalen, Früchte und Törtchen wie eine Lawine zu Boden. Niemand blieb von dieser erneuten Kleckerei verschont.

Jacen ließ resignierend seinen Blick über die nunmehr vollständige Sauerei wandern. Immer noch die Kristallschlange am Wickel, wischte er sich einen Klecks Zuckerguss von der Nase.

Die anderen Jedi-Schüler begannen, verhalten in sich hinein kichernd, mit der Säuberung.

6

Als Lowbacca seinen Onkel und Han Solo zurück zum *Millennium Falken* begleitete, flimmerte die schwüle Luft in der warmen Nachmittagssonne. Neben ihm führten die Zwillinge eine angeregte Diskussion, die sie offenbar die erdrückende Hitze des Dschungels völlig vergessen ließ. Allerdings konnte er ihre unterschwellige Anspannung spüren: Jacen und Jaina würden ihren Vater ebenso vermissen wie er seinen Onkel, seine Mutter und den Rest seiner auf Kashyyyk verbliebenen Familie.

Lowbaccas goldene Augen observierten unruhig die Lichtung vor dem Großen Tempel. Er fühlte sich an solchen weiten, offenen Orten immer ein wenig unwohl, erst recht, wenn sie sich direkt am Boden befanden. Auf der Heimatwelt der Wookiees wurden die Städte hoch in den Gipfeln mächtiger, miteinander verbundener Bäume gebaut. Das Fundament bildeten extrem tragfähige Äste. Selbst die mutigsten Wookiee wagten sich selten in die ungastlichen tieferen Ebenen des Waldes – ganz zu schweigen von der Erdbodenregion, wo es vor Gefahren nur so wimmelte.

Für Lowbacca war Höhe gleichbedeutend mit Zivilisation, Behaglichkeit, Sicherheit und Heimat.

Und obwohl die gewaltigen Massassi-Bäume bis zu zwanzigmal höher wuchsen als jede andere Pflanze auf Yavin 4, waren es Zwerge, verglichen mit den Bäumen auf Kashyyyk. Lowbacca fragte sich, ob er jemals einen Platz auf diesem kleinen Mond finden würde, der hoch genug gelegen war, um ihm ein einigermaßen ausreichendes Wohlbefinden zu vermitteln.

Er war so tief in seine Gedanken versunken, dass er verblüfft aufschaute, als sie beim *Falken* angelangt waren.

"Meistens stehen wir zu sehr unter Zeitdruck, um ordnungsgemäße Startvorbereitungen zu treffen", sagte Han Solo. "Aber wenn einem die Zeit ausnahmsweise mal nicht unter den Nägeln brennt, sollte man die Gelegenheit auf jeden Fall nutzen!" Er blieb am Ende der Zustiegsrampe stehen und lächelte entwaffnend. "Also, falls ihr nicht Besseres zu tun habt – Chewie und ich könnten bestimmt etwas Hilfe beim Check gebrauchen."

"Großartig", rief Jaina noch vor allen anderen. "Ich kümmere mich um den Hyperantrieb!" Sie spurtete die Rampe hinauf und legte nur einen Zwischenstopp von einer Millisekunde ein, um ihrem Vater einen Kuss auf die Wange zu drücken. "Danke, Dad. Du bist der Größte!"

Han Solos Augen strahlten einen Augenblick lang vor Freude, bevor er sich kopfschüttelnd wieder den anderen zuwandte. "Und du, Junge, hast du auch irgendwelche Vorlieben?" Er blickte auf Lowie, der kurz überlegte und dann seine Antwort brummte.

Obwohl Han Solo ihn natürlich bestens verstand, mischte sich MTD gewissenhaft ein. "Master Lowbacca wünscht das Computersystem Eures Schiffes zu begutachten, um ihm bei Bedarf klarzumachen, wo es langgeht."

Han Solo warf Chewbacca einen vorwurfsvollen Seitenblick zu. "Ich dachte, du hättest das verflixte Ding repariert", wies er auf den Übersetzerdroiden. "Es braucht dringend eine Programmüberholung und klare Vorgaben in Sachen Respekt!"

Chewbacca zuckte mit den Schultern, gab ein furchterregendes Grollen von sich und wandte schließlich ein Verfahren an, das in Fällen dieser Dringlichkeit den schnellsten Erfolg versprach: Er umklammerte das silbrige Oval mit einer seiner riesigen Pranken und schüttelte den kleinen Droiden so vehement durch, dass sich vermutlich sämtliche Stromkreise neu ordneten.

"Ach, du meine Güte! Natürlich *hätte* man es etwas gediegener formulieren können ...", quietschte der Droide mit überschlagender Stimme. "Also gut ... Master Lowbacca drückte seinen Wunsch aus, sich von der vollen Funktionsfähigkeit Ihres Navigationscomputers zu überzeugen!"

"Eine prima Idee, Junge", stimmte Han Solo zu. "Jacen, vielleicht nimmst du dir die äußere Schiffshülle vor. Du könntest nachsehen, ob sich in den letzten Stunden etwas in den diversen Vorsprüngen und Vertiefungen eingenistet hat. Ich starte inzwischen die Lebenserhaltungssysteme. Chewie, du nimmst dir den Frachtraum vor!"

Die letzte Bemerkung fiel mit vorgerecktem Kinn und war von einem kurzen Augenzwinkern begleitet, sodass Lowbacca den Verdacht hegte, Chewbacca könnte ihr mehr entnehmen als die Allgemeinheit – Lowie eingeschlossen. Leicht entmutigt fragte er sich, ob er die Menschen je so gut verstehen würde wie sein Onkel.

Der Navcomputer war eine tolle Herausforderung. Lowie ging sämtliche Startvorbereitungen zweimal durch – nicht, weil er befürchtete, beim ersten Mal etwas vergessen zu haben, sondern weil die beiden Orte, an denen er sich am wohlsten fühlte, die Krone eines hohen Baumes oder das Terminal eines Computersystems waren.

Als Lowie den zweiten Durchlauf vollendet hatte, war auch Han Solo mit dem Check der Lebenserhaltungssysteme fertig und machte sich gerade daran, die Notfallenergie des Schiffes zu überprüfen. Als Hans Blick Lowbacca streifte, wischte er sich die Hände an einem schmierigen Lappen ab, legte ihn zur Seite und hob einen Finger, als sei ihm plötzlich eine Idee gekommen. "Warum hilfst du nicht deinem Onkel im Frachtraum, während ich mich hier um den Rest kümmere?" Sein schelmisches Grinsen zog sich noch mehr in die Breite als sonst.

Lowbacca konnte sich nicht denken, was dieses hintergründige Lächeln zu bedeuten hatte. Außerdem kam sein Onkel bestimmt auch ohne seine Hilfe gut zurecht. Manchmal waren die Menschen wirklich nicht zu begreifen ... Achselzuckend setzte er sich in Richtung des Frachtraums in Bewegung.

"Verzeihung, Master Lowbacca", pfiff MTD ihm zu, "benötigen Sie augenblicklich meine Übersetzerdienste?"

Lowbacca knurrte eine Verneinung.

"Hervorragend, Sir", erwiderte der Droide, "hätten Sie in diesem Fall etwas dagegen, wenn ich mich der Energieersparnis halber in den Sleep-Modus zurückziehe? Natürlich sollten Sie nicht zögern, meinen Ruhezustand zu unterbrechen, wenn Sie, aus welchen Gründen auch immer, meinen Beistand benötigen!"

Lowie versicherte MTD, dass er es als Erster erfahren würde, falls Übersetzungsdienste benötigt würden.

Er fand seinen Onkel auf einem Berg übereinander gestapelter Kisten, deren Vertäuung er überprüfte. Offensichtlich brauchte Lando Calrissian eine Menge Ausrüstung und Vorräte für sein Minenvorhaben. Lowbacca sog die Luft des engen Frachtraums tief in sich ein und gab sich einen kurzen Moment lang den wohlvertrauten Gerüchen hin: Treib- und Schmierstoffe, Maschinen, Lebensmittelvorräte und Wookiee-Schweiß ... genug, um das Heimweh nach den Baumstädten von Kashyyyk in ihm zu wecken. Während seines Studiums an der Jedi-Akademie würde er kaum mit Raumschiffen, Jets oder Computern in Berührung kommen – ausgenommen natürlich MTD. Vielleicht würde er gelegentlichen Trost darin finden, die Dschungelbäume zu erklettern und an Daheim zu denken.

Vielleicht ... Irgendwann, nachdem der *Falke* wieder gestartet war – zunächst aber gab es noch einiges zu tun.

Lowie erkundigte sich bei seinem Onkel, was genau noch zu erledigen sei, und beteiligte sich, nachdem Chewbacca ihn unterwiesen hatte, an der Überprüfung der Gurtbänder, die den Frachtberg zusammenhielten. Einige von ihnen waren nur lose angezurrt, und ähnlich verhielt es sich mit der Abdeckplane. Sie lag so locker, dass sie, als Lowbacca sie zu spannen versuchte, vollständig abrutschte. Dann fiel ihm die Kinnlade herab, und er wich einen Schritt zurück. Staunend und voller Bewunderung starrte er auf das, was er durch Zufall aufgedeckt hatte.

Der Airspeeder war immer noch gut zu erkennen, obwohl er in Einzelteile zerlegt war. Es handelte sich um ein älteres Modell, einen T-23 Skyhopper mit Kontrolleinrichtungen ähnlich einem X-Flügler, jedoch mit trihedralen Tragflächen, einem Passagiersitz und einem sehr beengten Nutzlastraum im hinteren Teil des Cockpits. Der metallic-blaue Rumpf wirkte abgewetzt und zeigte an manchen Stellen altersbedingte Korrosionserscheinungen, aber der Antriebsmotor, der zwischen den beiden Flügeln deponiert war, machte noch einen ganz brauchbaren Eindruck.

Lowies Blick wanderte hinauf zu seinem Onkel, der ihn, offenbar neugierig auf seine Reaktion, musterte. Schließlich bat Chewbacca seinen verblüfften Neffen um seine Meinung zu dieser Maschine.

Der Skyhopper wies kein erkennbares Leck auf und war vorteilhaft konstruiert. Es würde nur wenig Aufwand erfordern, alle Teile zusammenzumontieren. Lowie bewunderte die klassisch schöne Form des Speeders und wagte eine Schätzung seiner Reichweite. Natürlich würde der Bordcomputer eine Systemüberholung benötigen, und auch der Außenhülle konnten einige Schönheitsreparaturen nicht schaden, aber das waren keine wirklichen Beeinträchtigungen. Die über den Rumpf verteilten Beulen und Furchen trugen nur dazu bei, dem Skyhopper einen gewissen Charme und Charakter zu verleihen.

Mit einem verheißungsvollen Brummen breitete Chewbacca seine Arme aus und schockte Lowie mit der Eröffnung, dass dieser T-23 sein Abschiedsgeschenk an seinen Neffen sei. Der Speeder gehöre Lowbacca, vorausgesetzt, er schaffe es, ihn zusammenzubauen.

Lowbacca stand mit Jacen und Jaina neben seinem T-23 auf der Lichtung und winkte. Nach einer wahren Flut von Umarmungen und Dankesworten und einem letzten Austausch von gegenseitigen guten Wünschen und Ratschlägen schauten sie zu, wie Han und Chewbacca an Bord ihres Schiffes verschwanden.

Als sich der *Millennium Falke* durch die Baumkronen in

den tiefblauen Himmel hangelte, blickten die drei Jedi-Schüler ihm winkend hinterher. Jeder von ihnen war in seinen eigenen Gedanken gefangen.

Schließlich seufzte Jaina. "Also, Lowie", sagte sie, rieb die Hände aneinander und betrachtete voll froher Erwartung den viel beanspruchten T-23. "Solltest du Hilfe bei der Instandsetzung dieses Arsenals von losen Schrauben brauchen, tu dir keinen Zwang an. Ich stehe dir selbstredend jederzeit mit Rat und Tat zur Verfügung!"

Im Bewusstsein, dass Jaina, obwohl sie jünger war als er, vermutlich mehr Erfahrung in der fachmännischen Justierung eines Speeder-Antriebs besaß, wackelte er dankbar mit dem Kopf.

So verbrachten sie die nächsten paar Stunden damit, den T-23 für seinen Jungfernflug auf Yavin 4 vorzubereiten. Jacen vertrieb sich die Zeit mit dem Reißen von Witzen, die Lowie nicht verstand, und reichte den beiden in Begeisterung entbrannten Mechanikern die Werkzeuge an. Jaina lächelte unaufhörlich während der Arbeit und war überglücklich, ihr Wissen über Speeder-Antriebe und T-23 Skyhopper beweisen zu können.

Als sich Lowbacca nach getaner Arbeit schließlich ins Cockpit lehnte, um den Antrieb zu starten, knackte, kollerte und röhrte der T-23 los. Die unteren Rückstoßtriebwerke hoben ihn vom Boden ab, und aus den Ionentriebwerken drang ein blendend helles Glühen. Die drei Freunde jubelten und brüllten ihren Triumph lauthals hinaus.

"Soll ich den Testflug durchführen?", fragte Jaina hoffnungsvoll.

Lowie scheiterte beim Versuch einer verständlichen Antwort.

"Was Master Lowbacca Ihnen mitteilen möchte", meldete sich MTD aus seiner Ruhephase zurück, "ist, dass er es ungeheuer bevorzugen würde, den ersten Flug allein zu bewältigen, wie freundlich das Angebot auch gemeint sein mag!"

Lowbacca grunzte nur ein einziges Mal.

"Und?", reagierte der kleine Droide verschnupft. "Was meinen Sie mit 'und'? – Oh, jetzt verstehe ich ... Sie meinen die andere Sache, die Sie außerdem geäußert haben. Aber, Sir, Sie wollen doch nicht ..."

Lowbacca knurrte nachdrücklicher.

"Schon gut, wenn Ihnen soviel daran liegt ...", piepste MTD. "Nun also, Master Lowbacca legt offenbar Wert auf die Feststellung, dass er sich geehrt fühlen würde, Sie, Mistress Jaina, als Passagier an Bord begrüßen zu dürfen. – Wie auch immer, ich will nicht verhehlen", fügte der Droide eigensinnig hinzu, "dass diese Aussage von Master Lowbacca erst nach reichlichem Zögern getätigt wurde."

Lowbacca schlug sich mit dem Ballen seiner haarigen Hand stöhnend gegen die Stirn – offenbar eine Wookiee-typische Verlegenheitsgeste.

"Es handelt sich um die reine Wahrheit, nichts als die Wahrheit", verteidigte sich MTD leidenschaftlich, "ich bin *absolut sicher,* Ihre Betonung nicht falsch interpretiert zu haben!"

Jaina, die wegen Lowbaccas Einwand zunächst enttäuscht gewesen war, amüsierte sich inzwischen über dessen Zerknirschtheit. "Ich kann dich gut verstehen, Lowie", sagte sie. "Ich an deiner Stelle würde mir beim ersten Mal auch nicht gern das Ruder aus der Hand nehmen lassen. Wie wäre es, wenn du mich beim nächsten Start mitnimmst?"

Erleichtert über das Verständnis der Zwillinge, willigte

Lowbacca lautstark ein, schwang sich ins Cockpit und schnallte sich an.

Das Aufheulen der Aggregate übertönte den Übersetzungsversuch des Droiden. Lowie wartete, bis Jacen und Jaina außer Reichweite der Triebwerke waren. Dann hob er kurz die Hand, fuhr die Konverter auf volle Leistung und verschwand über den Wipfeln der Bäume.

Der T-23 war leicht zu steuern, und Lowbacca genoss das Gefühl von Höhe und Freiheit. Dennoch war seine andere Sehnsucht, die ihn schon den ganzen Tag beschäftigte, noch nicht vergessen.

Bäume. Hohe, wirklich alles überragende, *sichere* Bäume.

Eine knappe halbe Stunde später ließ Lowie den T-23 auf die mächtigen Baumkronen hinabsinken, fernab der Jedi-Akademie und dem Großen Tempel. Sicher setzte er die Maschine in die obersten Äste eines Massassi-Baumes. Es war nicht die Höhe, die er gewohnt war; die Luft war dünner, und auch die Dschungeldüfte, obwohl nicht wirklich unangenehm, unterschieden sich stark von denen auf Kashyyyk. Dennoch empfand der Wookiee hier zum ersten Mal seit seiner Ankunft auf Yavin 4 so etwas wie Ruhe und Frieden.

Jacen hatte davon erzählt, dass der orangene Gasgigant des Sonnensystems besonders beeindruckend sei, wenn man ihn von einem der Massassi-Bäume aus betrachtete ... und damit hatte der Menschenjunge definitiv recht.

Lowie schaute sich ausgiebig um, bestaunte nicht nur den Himmel, sondern auch das, was sich am Boden befand, bröckelnde Ruinen kleinerer Tempel, die durch Lücken im Blätterdach schimmerten, träge Flüsse, sonderbare Kreationen der Pflanzenwelt, fremdartige Tiere. Erleichtert seufzte er auf. Es *gab* auf diesem Mond einen Platz, wo er seine innere Balance in völliger Abgeschiedenheit finden konnte, einen Platz, wo er zwischen Jedi-Studien über seine Familie und sein Zuhause nachdenken konnte.

Als das spätnachmittägliche Sonnenlicht schräg durch das dicke Geäst fiel, wurden die hellen Strahlen in einiger Entfernung von Lowbaccas Standort von irgendetwas reflektiert. Verwundert fragte er sich, was es außer den Tempelruinen und der üblichen Vegetation hier im Dschungel sonst noch geben könnte, denn dass es sich weder um das eine noch um das andere handelte, war unschwer zu erkennen. Der Lichtschein wurde von einem glänzenden, gleichmäßig geformten Objekt zurückgeworfen, das teilweise aus einem Baum herausragte.

Lowie beugte sich nach vorn, als könnte er dadurch klarer sehen, und bedauerte, sein Makrofernglas daheim gelassen zu haben.

Die erwachende Neugierde und die Verwirrung über einen Fund, den er nicht auf Anhieb einordnen konnte, schürte seine Erregung. Er beschloss, näher heranzugehen ... Doch dann beugte er sich dem Diktat der Vernunft. Es würde bald dunkel werden. Außerdem, wenn dieses Objekt wirklich von Bedeutung gewesen wäre, hätte man es dann nicht schon lange vorher entdecken müssen?

Nicht unbedingt, beantwortete er sich die Frage selbst. Vom Boden aus war es mit hoher Wahrscheinlichkeit nicht zu erkennen, und es gab bestimmt nicht viele Studenten, die sich soweit von der Akademie entfernten, um Baumgipfel zu erklimmen. Nein, er war ziemlich sicher, dass diese Entdeckung noch niemand vor ihm gemacht hatte.

Lowie prägte sich mit klopfendem Herzen die Position des schimmernden Objekts ein. Bei der ersten sich bietenden Gelegenheit würde er hierher zurückkehren – er *musste* einfach herausfinden, worum es sich dabei handelte.

7

"Ich frage mich, warum Lowie es nicht geschafft hat, rechtzeitig zum Abendessen zurückzukommen", sagte Jacen. Jaina und Tenel Ka saßen neben ihm im Vorlesungssaal, wo Luke Skywalker sie wegen einer besonderen Ankündigung zusammengetrommelt hatte. Dämmerlicht fiel wie flammendes Metall durch die kleinen Fenster über ihren Köpfen, aber die sauberen weißen Leuchtvertäfelungen zerstreuten die Schatten in dem gewaltigen, echoerfüllten Raum.

"Wahrscheinlich macht es einfach zuviel Spaß, einen T-23 zu fliegen", erwiderte Jaina im Flüsterton. "Ich vermute, ich hätte es auch nicht pünktlich heim geschafft."

"Vielleicht", sagte Tenel Ka mit dunkler Stimme, als würde sie der Sache eine ernstere Bedeutung beimessen als die, die sie schließlich zur Sprache brachte, "hatte er einfach keinen Hunger."

Jacen warf ihr einen zweifelnden Blick zu. "Ein Wookiee ohne Appetit? Pah! Und du behauptest, *ich* würde blöde Witze reißen!"

"Es war bloß so eine Idee", entgegnete Tenel Ka schulterzuckend.

"Schon okay", sagte Jacen gnädig. "Aber jetzt mal im Ernst: Könnte es nicht sein, dass mit dem Skyhopper irgendetwas schiefgegangen ist? Was, wenn Lowie im Dschungel abgestürzt ist?"

"Unmöglich!" Obwohl Jaina flüsterte, duldete ihr Tonfall keinen Zweifel. "Ich habe alle Systeme genauestens überprüft."

Tenel Ka hob flüchtig die Augenbrauen. "Aha, so, so. Weil *du* sie überprüft hast, können die Systeme also keine Aussetzer gehabt haben!" Sie nickte, und Jacen hätte schwören können, dass sich um Tenel Kas Mundwinkel der Anflug eines Lächelns breit machte.

"Das spielt doch alles keine Rolle mehr", rief Jacen plötzlich erleichtert. "Seht! Da kommt Lowie ja!" Er fuchtelte mit den Armen, um die Aufmerksamkeit ihres Wookiee-Freundes auf sich zu lenken.

"Na also", murmelte Jaina selbstzufrieden. "Habe ich nicht gesagt, dass nichts passieren konnte?"

Jacen ignorierte ihre Bemerkung. "Du kommst gerade noch rechtzeitig", begrüßte er den herantrottenden Wookiee. "Master Skywalker muss jeden Augenblick eintreffen."

Offenbar kannte niemand der Versammelten den Grund dieser ungewöhnlichen abendlichen Zusammenkunft. Ausnahmslos alle, die an der Jedi-Akademie lebten, arbeiteten oder ausgebildet wurden, schienen gekommen zu sein. Knisternde Erwartung erfüllte den Saal.

Jacen flüsterte: "Wo hast du so lange gesteckt, Lowie?"

Lowbacca antwortete mit einem tiefen Grollen, leiser, als Jacen es je bei einem Wookiee gehört hatte. Ohne Vorwarnung verkündete MTD sofort mit lauter, blecherner Stimme: "Master Lowbacca wünscht mitzuteilen, dass eine höchst erfolgreiche Expedition hinter ihm liegt und ..." Der Übersetzerdroide verstummte mitten im Satz, als der Wookiee eine seiner rötlich behaarten Pranken auf die Lautsprecheröffnung des Droiden presste.

"Schscht!", zischte Jaina.

"Kannst du das Ding nicht leiser stellen?", erkundigte sich Jacen besorgt.

Aus allen Richtungen des Vorlesungssaals richteten sich neugierige Blicke auf die Gruppe. Lowbacca nahm mit einem verärgerten Mienenspiel, das keiner Übersetzung bedurfte, auf der Bank Platz.

Er senkte den Kopf und knöpfte sich den an seinem gewebten Gürtel befestigten Droiden vor, indem er ihn mit einer raschen Folge weicher bis harter Grolltöne zur Rede stellte.

"Oh, oh! Was habe ich nur wieder angerichtet ...", reagierte MTD mit nun erstaunlich leiser Stimme. "Ich bitte vielmals um Entschuldigung. Ich konnte nun wirklich nicht ahnen, dass Sie nicht beabsichtigen, Ihre Entdeckung mit jedem hier Anwesenden zu teilen."

"Entdeckung?", echote Jacen. "Wovon redet ..."

Genau in diesem Moment betrat Luke Skywalker den Saal. Die Menge verstummte, und Jacen musste seine Hoffnung begraben, noch vor Versammlungsbeginn mehr über Lowies ominöse Entdeckung zu erfahren. Dicht gefolgt von einer schlanken Frau mit wallendem silbrig-weißem Haar und großen opalartigen Augen, schritt er die Stufen empor, die zu der erhöhten Rednerplattform führten.

"Ich danke euch für euer zahlreiches Erscheinen", begann er, "und will auch gleich zum Kern meines Anliegens kommen: Heute Morgen erhielt ich Kenntnis von einer Angelegenheit, die keinen Aufschub duldet und mich zwingt, euch für eine Weile zu verlassen."

Wie die Wellen eines in einen See geworfenen Kieselsteins breitete sich im Raum erstauntes Raunen aus, und

Jacen fragte sich, ob die plötzlichen Reiseabsichten seines Onkels mit den Nachrichten zusammenhängen konnten, die sein Vater mit dem *Falken* überbracht hatte.

Die blauen Augen, die über die Versammelten hinwegglitten – gütige Augen, aus denen Weisheit und Erfahrung sprachen – gaben keinerlei Auskunft über die Art der Mission, die auf den Jedi-Meister wartete.

"Leider kann ich noch nicht absehen, wie lange ich unterwegs sein werde, deshalb habe ich eine meiner früheren Schülerinnen, Jedi Tionne", er deutete auf die schlanke Frau mit den leuchtenden Augen an seiner Seite, "gebeten, während meiner Abwesenheit euren Unterricht zu leiten. Tionne weiß nicht nur genauestens über die Inhalte meiner Lektionen Bescheid, sie besitzt darüber hinaus auch ein exzellentes Wissen über die Jedi-Lehre und deren Geschichte allgemein. Ihr werdet sehen, sie hat es mehr als verdient, dass man ihr zuhört."

Neugierig musterte Jacen die Frau. Er konnte sich vage daran erinnern, irgendwann einmal aufgeschnappt zu haben, Tionne sei keine Jedi mit sonderlich ausgeprägter Macht, aber das warme Lächeln, das Luke und sie austauschten, ließ keinen Zweifel daran, dass sie offenbar wunderbar miteinander harmonierten und dass Master Skywalker vollstes Vertrauen in seine frühere Studentin setzte.

Als Luke sich von der Rednerfläche zurückzog und die Schüler Tionne überließ, zog die silberhaarige Jedi ein merkwürdig geformtes Saiteninstrument unter dem Gewand hervor. Im Prinzip bestand es aus zwei Resonanzkörpern, aus denen jeweils ein schmales Griffbrett wuchs. Die Saiten zogen sich über die komplette Länge des Instruments und fächerten an beiden Enden auseinander.

Tionne nahm auf einem bereitstehenden, niedrigen Stuhl Platz und untermalte ihre einführenden Worte mit einem sanften Zupfen der Saiten. "Ich möchte euch von einem Jedi-Meister erzählen", sagte sie, "der vor langer Zeit lebte. Dies ist die Ballade von Master Vodo-Siosk Baas ..."

Als sie zu singen begann, musste Jacen seinem Onkel innerlich beipflichten: Tionne war es wirklich wert, dass man ihr zuhörte! Ihre Stimme, ihr Gesang klang rein und wahr. Die kristallklaren Töne drangen bis in den entferntesten Winkel des Vorlesungssaals und versetzten die Zuhörer in eine Zeit, die sie nie selbst erlebt hatten. Wie verzaubert lauschten sie Tionnes Ballade, die von Tapferkeit, Triumph und Opferbereitschaft erzählte.

Sie sang von schrecklichen Ereignissen, die sich viertausend Jahre vor ihrer Zeit zugetragen hatten ... davon, wie der eigenwillige und außergewöhnliche Jedi-Meister von Exar Kun, einem seiner Studenten, der sich der dunklen Seite zugewandt hatte, vernichtet worden war. Master Vodo hatte die anderen Jedi-Meister angefleht, keine Schlacht gegen Exar Kun zu führen, und versucht, ihn auf seine Weise zu bekehren – doch alle seine frommen Hoffnungen hatten in einer Tragödie geendet.

Als Tionnes Gesang verstummte, herrschte völlige Stille. Jacen fühlte sich von einer Fülle neuer Einsichten durchströmt, und er begriff, dass diese Jedi mehr als nur eine wunderbare, zuhörenswerte Stimme besaß.

Tionne erhob sich von ihrem Stuhl. Ein bedauerndes Aufseufzen ging durch den Saal. Keiner der Zuhörer wollte wahrhaben, dass die aufregende Reise in die Vergangenheit ihres Ordens schon vorbei war. Auch Jacen hatte kaum gemerkt, dass er mehr als einmal den Atem angehalten hatte.

"Ich hoffe, dass meine erste Lektion nicht allzu schmerzvoll für euch gewesen ist", sagte sie mit fröhlichem Augenzwinkern. "Morgen nach dem Frühstück sehen wir uns wieder."

Damit endete die abendliche Zusammenkunft. Einige Zuhörer verharrten noch eine Zeit lang wie gebannt auf ihren Sitzen, als wollten sie versuchen, die letzten Takte der noch im Raum schwebenden Ballade einzufangen. Andere dagegen drängten – allein oder in kleineren Gruppen – bereits nach vorne, um mit Tionne zu reden.

Auch Jacen, Jaina, Tenel Ka und Lowbacca fühlten sich erst nach einer ganzen Weile in der Lage, ihre Unterhaltung wieder aufzunehmen. Verschwörerisch drängten sie sich aneinander und diskutierten Lowies Entdeckung. MTD – der seine Stimme diesmal mit Bedacht auf eine dem Geheimnis angemessene Lautstärke gedrosselt hatte – kümmerte sich um die Verständigung und ließ zur Abwechslung mal keine Missverständnisse aufkommen.

Wild wurde über die Bedeutung des mysteriösen, reflektierenden Objekts spekuliert, das Lowbacca im Dschungel gesichtet hatte. Aber der einzige Schluss, zu dem sie gelangten, war, dass sie auf diese Weise nicht weiter kamen. Wollten sie das Rätsel wirklich lösen, würden sie sich bei der nächstbietenden Gelegenheit zur Fundstelle begeben müssen, um präzisere Nachforschungen anzustellen.

Tionnes Morgenballade wurde von einem feinen, glitzernden Nebel verklärt und flößte den Zuhörern Ehrfurcht vor den Ereignissen vergangener Tage ein. Jacen saß in der zweiten Reihe, hatte die brandyfarbenen Augen geschlossen und strengte sich an, nichts von dem zu verpassen, was Gesang und Musik ihn lehrten. Nicht zuletzt hatte er seine Augen deshalb zugemacht, weil seine Sicht nach vorn von Raynars farbenfroher, massiger Gestalt behindert wurde, der in eine seiner kostbarsten Roben geschlüpft war.

Kaum waren die letzten Töne verklungen, öffnete Jacen wieder die Augen und stellte verärgert fest, dass ihn seine Schwester in stiller Erheiterung musterte. Lowbacca und Tenel Ka, die ebenfalls neben ihm Platz genommen hatten, gaben hingegen durch nichts zu erkennen, dass sie Jacens völlige Versunkenheit in die Musik bemerkt hatten. Dann ergriff Tionne das Wort und lenkte Jacens Aufmerksamkeit zurück auf die erhöhte Plattform.

"Die Macht eines Jedi ist unabhängig von seiner körperlichen Stärke oder Statur", sagte sie, "sie resultiert allein aus dem *Verständnis* der Macht – aus dem *Vertrauen* in sie. Teil eurer Jedi-Ausbildung wird es deshalb sein, eure Zuversicht und euren Glauben zu stärken. Ohne dieses Fundament könnte sich die Macht uns vielleicht einmal verweigern, gerade wenn wir sie am nötigsten brauchen. Doch manchmal reichen Zuversicht und Glaube allein nicht aus. Dies gilt für alle Lebensbereiche. Hört euch dazu eine Geschichte an:

Einst lebte ein junges Mädchen an einem See. Sie war davon überzeugt, dass es ihr gelingen würde, durch das bloße Beobachten anderer das Schwimmen zu erlernen. Als dann eines Tages ihre Familie sehr beschäftigt war, wagte sie den Sprung ins tiefe Wasser. Doch obwohl sie ihre Arme und Beine genau so bewegte, wie sie es bei den Schwimmern gesehen hatte, vermochte sie ihren Kopf nicht über Wasser zu halten. Glücklicherweise sprang ihr eine Fischersfrau hinterher und errettete sie. Die Frau, eine sehr geübte Schwimmerin, brauchte keine Sekunde darüber nachzudenken, *wie* man schwimmt. Das Mädchen aber, das sein Wissen durch bloßes Zusehen erlangt hatte, war nicht einmal dazu in der Lage, sich einfach nur über der Oberfläche zu halten ... Nachdem sie wieder sicher an Land waren, nahm die Frau das Mädchen bei der Hand und sagte: 'Folge mir ins seichte Wasser, Kind, dort werde ich dir das Schwimmen beibringen.'"

Tionne legte wie gedankenverloren eine Pause ein. Ihre Augen funkelten wie Perlen.

"Genauso verhält es sich auch mit der Macht", sagte sie schließlich. "Wenn wir das, was wir lernen, nicht immer wieder praktisch anwenden oder nie darin geprüft werden, können wir niemals völlig sicher sein, dass uns die Macht in jeder Situation beisteht. Deshalb wird diese Schule der Jedi auch *Praxeum* genannt – ein Ort, an dem wir nicht nur lernen, sondern das Gelernte auch praktisch anwenden. Es ist wie mit dem Schwimmen: Je mehr wir üben, desto mehr Vertrauen gewinnen wir in unsere Fähigkeiten, die uns schließlich zu einer Art zweiter Natur werden! – In den nächsten paar Tagen möchte ich, dass sich Anfänger wie Fortgeschrittene in einer der elementarsten Grundfertigkeiten üben: Wir wollen lernen, wie man die Macht einsetzt, um etwas anzuheben! Versucht es zunächst mit etwas Kleinem, Leichtem – ein Blatt vielleicht."

Raynar unterbrach sie prahlerisch: "Wie könnt Ihr erwarten, dass wir unsere Fähigkeiten *stärken*, wenn wir uns mit solch einem Kinderkram abgeben sollen?"

Jacen rollte mit den Augen, beschämt über Raynars Unhöflichkeit. Doch insgeheim musste er zugeben, dass er sich gerade dasselbe gefragt hatte.

Tionne lächelte Raynar ohne ein Zeichen von Verärgerung zu. "Eine wirklich berechtigte Frage. Lass es mich dir an einem Beispiel erklären: Um deine Armmuskeln zu kräftigen, kannst du entweder mehrere Steine wenige Male oder einen Stein viele Male hochstemmen. Ähnlich verhält es sich mit euren Jedi-Fertigkeiten. Beschränkt eure Übungen für den Anfang nur auf das, worum ich euch gebeten habe. Ich behaupte nicht, dass es der *einzige* Weg ist, um eure Macht zu stärken, aber ganz gewiss ist es *ein* Weg. Ich garantiere euch, dass ihr am Ende weit mehr konnt als nur ein Blatt hochheben!"

Damit entließ Tionne ihre Schüler. Später, als sie aus dem Vorlesungssaal gingen und die abgewetzten Steinstufen hinabstiegen, nahm Jaina ihre drei Freunde beiseite. In den Augen des Mädchens tanzten Funken. "Denkt ihr dasselbe wie ich?", fragte sie nur.

Obwohl Jacen keine genaue Vorstellung von dem hatte, was im Kopf seiner Schwester herumspukte, fiel es ihm nicht schwer, die Ursache ihrer ungewöhnlichen Erregung zu erraten. Auch er war begierig darauf, mehr über Lowies geheimnisvolle Entdeckung in Erfahrung zu bringen.

Um Jainas Lippen zitterte ein Lächeln, als sie fragte: "Könnte es einen besseren Ort geben, um sich an Blättern zu versuchen, als den Dschungel?"

8

"Und du weißt bestimmt, dass dieser Platz sicher ist?", fragte Jacen, während er sich in den Stauraum hinter dem Passagiersitz des T-23 quetschte.

"Natürlich ist er das", fuhr ihn seine Schwester an, als sie vorne hineinkletterte. "Sonst bist du doch ganz versessen darauf, in enge Höhlen zu kriechen."

"Nur, wenn es darum geht, Käfer zu fangen", brummte er. "Hier hinten gibt es nicht einmal eine Polsterung!"

Der Stauraum wäre um einiges zu klein gewesen, um Tenel Ka aufzunehmen. Sie war größer und viel kräftiger gebaut als die Zwillinge. Jacen stand vor der Wahl, sich entweder hinten hineinzuquetschen oder zurückzubleiben. Es war verabredet, dass seine Schwester auf dem Rückflug mit ihm tauschen würde. Deshalb nahm er die Tortur schließlich auf sich, und bald darauf starteten die Antriebsmotoren mit Getöse.

Lowie bellte seine Kommandos über die dröhnenden Repulsortriebwerke hinweg, und TMD übersetzte in gewohnt manierierter Weise: "Master Lowbacca ersucht Sie, sicherzustellen, dass Ihre Gurte gestrafft sind. Er ist an Ihrer größtmöglichen Sicherheit interessiert, und jeden Moment heben wir ab." Lowbacca gab ein neuerliches Gebrüll von sich, worauf der Droide sich eingeschüchtert korrigierte: "Da Master Lowbacca auf einer profaneren Wortwahl besteht, *zitiere* ich: 'Alle Mann festhalten! Es geht los!'"

"Kann mir vielleicht irgendjemand erklären, wie, um alles in der Welt, ich mich anschnallen soll, wenn es nirgends eine entsprechende Vorrichtung gibt?", protestierte Jacen, während er zusah, wie Jaina und Tenel Ka vorne ihre Sicherheitsgurte stramm zogen.

Der T-23 hob mit einem leichten Ruck vom Boden ab. Als sie an Höhe und Geschwindigkeit zulegten, ließ der brausende Fahrtwind die Fensterscheiben erbeben. Trotz dieser beunruhigenden Begleiterscheinungen genoss Jacen das spannende Erlebnis, in die Luft zu steigen, erst recht, als die Ionentriebwerke in Tätigkeit traten, und er war trotz seiner unbequemen Lage froh, nicht daheimgeblieben zu sein.

Jacen spähte durch die verschrammte Sichtluke, als Lowbacca den Skyhopper über die Wipfel der gigantischen Baumriesen hinweg in unerforschtes Gebiet steuerte und dabei die Jedi-Akademie immer weiter hinter sich ließ. Wenig später war sie am Horizont verschwunden. Ebenso endlos wie über ihnen der strahlend blaue Himmel erstreckte sich unter ihnen das üppige, satte Grün des Dschungels.

Doch alle Pracht des unter ihnen vorbeigleitenden Laubwerks konnte nicht verhindern, dass Jacens Beine langsam aber sicher einschliefen. Als der T-23 schließlich auf einer kleinen Lichtung landete, konnte er die Antriebsvibrationen bis in seine Zähne hinein spüren.

Jaina und Tenel Ka lösten ihre Gurte und kletterten behende aus dem Skyhopper. Jacen machte das Beste aus seiner Lage und wand sich trotz Handicap mit viel Geschick aus dem Stauraum. Draußen auf dem federnden Waldboden versuchte er, die Durchblutung seiner Beine wieder in Gang zu bringen. Konsequent massierte er sich

Gesäß und Oberschenkel. "Ich fürchte", frotzelte er, "ein Blatt wäre im Moment das Äußerste, was ich überhaupt heben *könnte*!"

Lowie stand bereits am Rand der Lichtung und winkte die anderen zu sich. "Master Lowbacca ist der Ansicht, dass sich der Baum, der das künstliche Objekt trägt, irgendwo hier drüben befinden muss", ließ MTD sie wissen. "Er bittet die Expeditionsteilnehmer, ihr Augenmerk auf gewaltsam abgeknickte Äste zu richten."

Jaina blickte suchend in die Richtung, in die Lowbacca deutete. "Worauf warten wir also?", fragte sie, während Tenel Ka sich bereits so energisch in Bewegung setzte, als wollte sie ganz allein einen Pfad durch den unwegsamen Dschungel schlagen. Jacen ließ einen langen und sehnsüchtigen Blick über all die erstaunlichen Pflanzen streifen, die er im Rund der Lichtung zum ersten Mal zu Gesicht bekam. Dann folgte er den anderen in das schattige Grün.

Lowbacca machte sie auf die oberen Äste eines gewaltigen Massassi-Baumes aufmerksam. Der Stamm schien fast den Umfang eines Wolkenkratzers vom Wohnplaneten Coruscant zu haben, und selbst die untersten Zweige waren für Jacen völlig unerreichbar. Trotzdem schien Lowie sie allen Ernstes aufzufordern, mit ihm dort hinaufzuklettern!

"Oje", seufzte auch Jaina niedergeschlagen, "ich fürchte, da muss ich passen."

Lowbacca gab ihnen über MTD die Versicherung, dass der Aufstieg für einen Wookiee keine Schwierigkeit bedeutete und bot ihnen an, den Baum zunächst allein zu erklimmen und ihnen anschließend Bericht zu erstatten. Danach konnten sie gemeinsam überlegen, wie sie weiter vorgehen wollten.

"In der Zwischenzeit können wir uns hier unten umsehen", willigte Jacen ein. "Vielleicht finden wir weitere Teile von ... nun, von was auch immer." *Oder ein paar interessante Tiere, Pilze oder Insekten*, fügte er in Gedanken hinzu.

Auch Jaina und Tenel Ka gaben ihr Einverständnis. Lowbacca fuhr kurz mit der behaarten Hand über die dicke schwarze Strähne oberhalb seiner linken Augenbraue. Dann kletterte er den Stamm hinauf, schwang sich in die ersten Zweige und verschwand im dichten Blätterwerk des Baumes.

Jacens Magen knurrte bereits vor Hunger. Er hoffte, Lowbacca würde sich beeilen. Systematisch durchforsteten die zurückgebliebenen Jedi-Schüler das Unterholz, indem sie ihre Kreise um den Skyhopper immer weiter zogen. Dann und wann übten sie das Heben eines Blattes, das sie ins nächste Gebüsch lenkten, oder brachten herumliegende Baumrindenstücke über dem bemoosten, feuchten Boden zum Schweben.

Es war noch nicht viel Zeit vergangen, als das Krachen von Ästen und Zweigen Lowbaccas Rückkehr ankündigte. Die letzten Meter ließ er sich einfach fallen. Dann richtete er sich auf und gab einen lauten Wookiee-Ruf von sich.

Jaina stürmte sofort auf ihn zu. "Hast du es gefunden, Lowie?"

Lowbacca nickte lebhaft.

"Was ist es?", fragte Jaina ungeduldig. "Nun sag schon, wonach sieht es aus!"

"Master Lowbacca glaubt, dass es ein plattenartiges Modul zur Umwandlung von Sonnenlicht in Energie ist", übersetzte MTD, nachdem der Wookiee geantwortet hatte.

Dann rasselte der Droide eine detaillierte Beschreibung des Objekts herunter.

Jaina bekam eine Gänsehaut. "Hm", sagte sie, "wenn ihr mich fragt, sind wir da einer heißen Sache auf der Spur. Ich denke, dass Lowie mehr entdeckt hat, als er glaubt. Los, lasst uns weitersuchen!"

Tenel Ka langte in einen kleinen Proviantbeutel und zog eine Packung mit Karbo-Protein-Keksen heraus. "Greift zu. Wir sollten etwas zu uns nehmen, während wir suchen."

Jacen biss hungrig in seinen Keks. "Wonach suchen wir denn deiner Meinung nach, Jaina?", fragte er mit dem Mund voller Krümel.

"Trümmer, Aggregate, andere Solarmodule ..." Jaina hob die Hand und spähte in den dichten Dschungel. "Wir werden unseren Suchradius erweitern. Ich bin sicher, dass wir etwas finden werden. Egal, was es ist, es muss hier irgendwo in der Nähe sein!"

Jacen setzte eine Wasserflasche, die er aus der Kabine des T-23 geholt hatte, an die Lippen, nahm einen kräftigen Schluck und reichte sie seiner Schwester. Jaina trank ein wenig und gab die Flasche an Lowbacca weiter. Dann lief sie, ohne sich darum zu kümmern, ob die anderen ihr folgten, zum Fuß des mächtigen Baumes. Dort angekommen, biss sie sich auf die Lippe; einen kurzen Augenblick lang wurde sie von Schuldgefühlen übermannt.

Wann immer sich auch nur eine vergleichbare Situation wie diese bot, drängte es Jaina, die Führung zu übernehmen. Was das anging, glich sie ganz ihrer Mutter. Aber hatte sie sich das vorzuwerfen? Immerhin war die Erziehung ihrer Eltern immer darauf ausgerichtet gewesen, sie zu lehren, Situationen richtig einzuschätzen, kühl die Alternativen abzuwägen, aber sich letztlich nicht vor klaren Entscheidungen zu drücken.

"Lasst uns ausschwärmen!", rief sie.

"Ja, genau! Prima Idee!" Jacen umrundete bereits den gewaltigen Stamm, hinter dem das Ungewisse begann.

Jaina schmunzelte. Ihr war vollkommen klar, dass die ehrliche Begeisterung ihres Bruders nicht auf die Aussicht zurückzuführen war, auf irgendeinen sensationellen Gegenstand zu stoßen, sondern auf die sich ihm endlich bietende Gelegenheit, den Dschungel auf die Existenz bislang unbekannter Tiere hin zu erforschen.

Sie wollte gerade selbst aufbrechen, als Lowbacca sie mit einem fragenden Knurrlaut zurückhielt. MTD übersetzte: "Master Lowbacca sagt – und ich persönlich neige dazu, seine Ansicht zu teilen –, dass der Dschungelboden *kein* geeigneter Ort ist, um sich zu trennen. Überhaupt hält Master Lowbacca derart überstürzte Suchaktionen für völlig unprofessionell."

Offenbar hatte ihre Ungeduld tatsächlich ihren gesunden Menschenverstand getrübt, denn Tenel Ka stemmte ihre Fäuste in die Hüften und bekräftigte: "Dem kann ich nur beipflichten!"

Jaina nagte erneut an ihrer Unterlippe, überlegte angestrengt und gelangte zu einem Entschluss. "Meinetwegen. Entfernen wir uns also nur soweit voneinander, dass wir immer in Sichtkontakt bleiben. Ist das okay?"

Noch während die anderen beiden ihrer Zustimmung Ausdruck gaben, flog dort, wo Jacen bereits im Gestrüpp herumstocherte, eine kreischende Schar reptilienartiger Vögel auf. Jacen fuhr zurück, ohne wirklich erschrocken zu sein.

"Das, was ihr euch erhofft, gibt es hier vermutlich ohnehin nicht zu entdecken", meinte er, "aber immerhin habe ich *das hier* gefunden." Er hielt ihnen seine offene Handfläche hin. Darin lag ein aus glitzernden Fasern bestehendes Nest, in dem ein dickliches, grau behaartes Tierchen zitterte.

Ein weiterer Anwärter für Jacens Menagerie ... Jaina seufzte resignierend. Was hatte sie eigentlich anderes erwartet?

"Aha", kommentierte Tenel Ka. Nur Lowbacca beugte sich einigermaßen interessiert vor und streichelte den Rücken des winzigen Geschöpfs behutsam mit einem seiner zottigen Finger.

"Sieh nur, Jaina", rief Jacen und drehte das flauschige Nest so in seiner Hand, dass der Boden zu sehen war, in dem eine stumpfes, flaches, metallisches Etwas fest in die Fasern eingebunden war.

"Ist das etwa eine ... Schnalle?", fragte Jaina verblüfft.

Ihr Bruder nickte. "Sieht aus wie ein Stück von einem abgerissenen Anschnallgurt."

"Gut gemacht", lobte ihn Tenel Ka fast feierlich.

"Ein Grund mehr, weiterzusuchen", sagte Jaina. "Kommt schon!"

Als sie am späten Nachmittag immer noch nichts gefunden hatten, war es ausgerechnet Jaina, die als Erste den Mut verlor. Kopfschüttelnd blickte sie auf ihren Bruder, der am Boden hockte und offensichtlich mit einem Kriechtier oder Insekt beschäftigt war, das er soeben entdeckt hatte.

"Bemüht euch bitte um etwas mehr Vorsicht!", hörte Jaina MTD mäkeln. "Das ist schon die dritte Beule, die ihr mir heute zufügt. Die Kratzer, die ich außerdem abbekommen habe, seit ihr euch durch das Dickicht quält, habe ich aufgehört zu zählen. Ist es wirklich zuviel verlangt, ein bisschen Rücksicht ..."

Die Ermahnungen des Übersetzerdroiden gingen in Lowies verblüfftem Gebell unter, das er unmittelbar nach dem Durchbrechen einer dichten Wand aus Kletterpflanzen und Zweigen von sich gab. "Wie? Oh! Ach, du gute Güte! Mistress Jaina, Master Jacen, Mistress Tenel Ka ...!" Die plärrende Stimme des Droiden ließ nicht nur Jaina zusammenzucken, sondern erschreckte auch eine ganze Anzahl von umherhuschenden und fliegenden Wesen. "Kommen Sie schnell! Master Lowbacca hat eine unglaubliche Entdeckung gemacht!"

Ohne eine weitere Aufforderung abzuwarten, eilten alle herbei, um das zu begutachten, was Lowie aufgestöbert hatte. Deutlich konnte Jaina ihren Herzschlag spüren. Während sie sich durch das dichte Gestrüpp kämpfte, fühlte sie unter ihrer Neugierde so etwas wie Angst aufsteigen - Angst vor dem, was sie gleich sehen sollte.

Niemand von ihnen achtete auf die Kratzer und Schnittwunden, die sie sich zuzogen, als sie den dichten Pflanzenbewuchs von dem metallischen Wrackteil rissen. Jainas Atem ging keuchend, als sie es endlich geschafft hatten, das Objekt freizulegen ... ein gerundetes, schmutzüberzogenes Cockpit, das gerade groß genug war, um einen einzigen Piloten aufzunehmen, und an dessen verbogenen Stützverstrebungen noch eine dunkle, viereckige Platte zur Erzeugung von Solarenergie baumelte. Die zweite Platte fehlte. Sie hing hoch oben im Baum, die Ursache jener Reflexion, die Lowies Aufmerksamkeit erregt hatte. Trotz des immensen Ausmaßes der

Zerstörung ließ das Wrack keinen Zweifel daran aufkommen, worum es sich bei ihrem Fund handelte.

Um einen abgestürzten TIE-Jäger des Imperiums.

9

"Aber was hat dieses Ding im Dschungel von Yavin 4 verloren?", brachte Tenel Ka ihr Misstrauen zum Ausdruck, dabei ihre Augen zu schmalen Schlitzen verengend. Immer noch waren die vier Jedi-Schüler damit beschäftigt, den Schutt von dem Wrack zu entfernen. "Handelt es sich vielleicht um ein imperiales Spionageschiff?"

Jaina schüttelte den Kopf. "Das kann ich mir nicht vorstellen. TIE-Jäger waren vom Imperium verwendete Kurzstreckenschiffe ohne Hyperantrieb, sodass die Möglichkeiten, wie es hierher gelangt sein könnte, ziemlich eingeschränkt sind."

Jacen räusperte sich. "Also, ich *könnte* mir vorstellen, wie es dazu kam", sagte er, "aber es würde bedeuten, dass dieses Schiff ... lasst mich lieber noch einmal einen Blick darauf werfen ..."

Er hörte, wie Jaina hinter ihm tief Luft holte.

"... über zwanzig Jahre alt wäre," führte sie seinen Gedanken zu Ende.

Lowbacca produzierte einen dunklen, fragenden Laut, und Tenel Ka blickte verblüfft auf die Zwillinge.

Jaina kramte in ihrer Erinnerung. Sie hatte von ihren Eltern einiges über den Kampf der Rebellen gegen das Imperium erfahren: "Nachdem das Imperium den ersten Todesstern erbaut hatte, besaß es die mächtigste Waffe, die jemals hergestellt wurde. Sie testeten ihn, indem sie

Alderaan zerstörten, die Heimat unserer Mutter. Dann steuerten sie ihn nach Yavin 4, um den Rebellenstützpunkt zu zerstören, der sich damals hier befand."

Noch während sie sprach, zerrte sie einen Rest von Gestrüpp vom Dach des TIE-Jägers und blickte ins Innere der Kanzel. Als sie keine Hinweise auf Knochen fand, glitt sie in das stickige Cockpit.

"Viele Rebellen starben in einer Mann-gegen-Mann-Schlacht mit den TIE-Piloten, die den Todesstern schützten, und auch etliche Soldaten des Imperiums mussten ihr Leben lassen", setzte Jacen die Schilderungen seiner Schwester fort.

Naserümpfend wegen des modrigen Geruchs, der von den mit Schimmelpilzen überzogenen Kontrollsystemen ausging, fuhr Jaina mit dem Finger über die Navigationsinstrumente des Cockpits, schloss die Augen und versuchte sich vorzustellen, wie es wohl damals, vor zwanzig oder mehr Jahren gewesen sein mochte, als Kampfpilot an der Schlacht um Yavin 4 teilzunehmen. Sie stellte sich einen gegnerischen Jäger vor, der ihr aus allen Geschützen feuernd entgegenraste, ihren Antrieb traf und ihr winziges, manövrierunfähig gewordenes Schiff abschmieren ließ ...

Jacens Stimme unterbrach ihre Gedanken. "Die Schlacht fand erst ihr Ende, als Onkel Luke mit seinem X-Flügler den entscheidenden Angriff gegen den Todesstern flog, unterstützt von unserem Dad, der ihm, so gut es ging, Rückendeckung gab. Onkel Luke traf voll ins Schwarze und brachte den Todesstern zur Explosion."

Tenel Ka, die ihr langes Haar zu einem Kranz geflochten hatte, nickte ernst. "Was besagt eigentlich das Kürzel TIE?", fragte sie.

Jaina antwortete aus dem Cockpit: "Dass diese Jäger über *zwei* Ionentriebwerke verfügen. *Two-Ionic-Engines*, klar?"

Mühsam arbeitete sie sich zu den Antriebsverkleidungen auf der anderen Cockpitseite vor. Dort löste sie die Metallplatte, und eine Art Huhn stob kreischend aus seinem verborgenen Nest und verschwand durch ein Leck im Rumpf.

Bei der näheren Inspektion der Triebwerke stieß Jaina auf verrottete Schläuche und Treibstoffleitungen. Im Großen und Ganzen jedoch schienen die Antriebsmotivatoren noch intakt zu sein, obwohl sie einer gründlichen Überholung bedurften. Die meisten der dafür erforderlichen Ersatzteile befanden sich in den Regalen von Jainas Quartier.

Nach einer Weile richtete sie sich vorsichtig auf und streckte den Kopf aus dem Cockpit. Fast liebevoll tätschelten ihre schwieligen Hände die Außenhülle des abgestürzten TIE-Jägers.

"Weißt du", sagte sie, mehr zu sich selbst, "ich denke, du könntest es schaffen."

Erst als sie die fragenden Blicke der anderen sah, wurde sie deutlicher: "Ich bin sicher, wir könnten diesen TIE-Jäger wieder instand setzen!"

Ihr Bruder klappte verdutzt die Kinnlade herunter. Dann brach er die eingetretene Stille, klatschte mit der Hand gegen seine Stirn und ächzte theatralisch: "Große Galaxis, mit schwant Fürchterliches."

Kaum war das Heulen des T-23 Skyhoppers in der Entfernung verklungen, widmeten sich die erschreckten Waldwesen wieder ihren gewohnten Beschäftigungen. Raschelnd bewegten sie sich durch das Unterholz oder verfolgten einander entlang der dicht beblätterten Äste – Jäger und Gejagte. Geflügelte Tiere schickten ihre Schreie von Baumwipfel zu Baumwipfel, als hätte es die vier Eindringlinge nie gegeben.

Doch dann teilten sich tief unten auf dem Waldboden die Äste eines ineinander verwachsenen Dickichts, und ein abgetragener, zerrissener schwarzer Handschuh bog einen dornenbewehrten Zweig beiseite.

Der Pilot des havarierten TIE-Jägers trat aus seinem Versteck hinaus auf die Lichtung.

"Kapitulation wäre Verrat", murmelte er, wie er es schon so viele Male zuvor getan hatte. Der Satz war während der Jahre des harten Überlebenskampfs in der Abgeschiedenheit des Dschungelmonds von Yavin für ihn zu einer Art Mantra geworden.

Der Schutzanzug, gleichzeitig die Uniform des Piloten, hing in Fetzen von seinem hageren Körper herab. Mehr als abgetragene Lumpen, die im Laufe des jahrelangen Alleinseins immer wieder mit Fellstücken ergänzt und geflickt worden waren, stellte seine Kleidung nicht mehr dar. Den linken Arm, der beim Absturz verletzt worden war, hatte er wie eine verdrehte Klaue zur Brust gezogen, und so stolperte er vorwärts. Seine alten Stiefeln brachen Gehölz auf dem Weg zur Absturzstelle, die nun kein Geheimnis mehr war. Vor langer Zeit hatte er das Wrack so gut es ging getarnt, um es vor den Blicken der Rebellen zu verstecken. Trotz dieser Vorkehrungen war es nun entdeckt worden.

"Kapitulation wäre Verrat", wiederholte er noch einmal und versuchte, den Blick auf sein Schiff gerichtet, zu erkennen, welche Schäden die Rebellenspione angerichtet hatten.

10

In den darauffolgenden Tagen erhöhte Tionne den Schwierigkeitsgrad ihrer Aufgaben für die jungen Jedi-Schüler. Wie all die anderen arbeiteten auch die vier Freunde an der Perfektionierung ihrer Kontrolle über die Macht.

Jaina, Jacen, Lowie und Tenel Ka erfanden ständig irgendwelche Ausreden, um so oft wie möglich zur Absturzstelle des TIE-Jägers zurückzukehren. Mit Jaina als treibender Kraft nahmen sie im Teamwork die umfangreichen Reparaturen in Angriff. Doch irgendwie gelang es ihnen immer wieder, die von Tionne angeordneten Übungen in ihre Expeditionen in die Wildnis einzubinden und dort zu absolvieren. Obwohl die Einsicht nicht eben schmeichelhaft war, musste Jaina sich selbst gegenüber zugeben, dass einer der Gründe für ihre starke Motivation, den TIE-Jäger wieder instand zu setzen, ein gewisser Neid auf Lowies T-23 war – sie sehnte sich nach einem eigenen Fluggerät, mit dem sie über das Dach des Dschungels jagen konnte. Natürlich war sie darüber hinaus auch ganz einfach fasziniert von der *Herausforderung*, die das Wrack des TIE-Jäger darstellte. Alter und Komplexität boten die einzigartige Chance, ein tieferes Verständnis der verwendeten Technologie zu erlangen. Jaina konnte diese Gelegenheit nicht ungenutzt verstreichen lassen.

Aber der wohl wichtigste Grund für ihr Engagement – vermutlich auch die Hauptursache, warum keiner der anderen sich über die mühselige Plackerei beschwerte – war der ungeheuer starke Zusammenhalt, den dieses gemeinschaftliche Werk unter den Freunden schuf. Hier lernten sie, als Team zu funktionieren, ihre individuellen Schwächen und Stärken zu erkennen und sich gegenseitig zu ergänzen. Die Bande ihrer Freundschaft verflochten sich zu einem ebenso einfachen wie beständigen Muster. Erstaunlicherweise schlossen diese Bande auch MTD mit ein, der mittlerweile dazu übergegangen war, seine Wortmeldungen überwiegend auf geeignete Momente zu verlegen und deshalb allmählich als ein gleichberechtigtes Mitglied ihrer Gruppe akzeptiert wurde.

Jaina verbrachte die meiste Zeit damit, die Reparaturen an der Mechanik zu beaufsichtigen, während Lowbacca sich verstärkt mit den Computersystemen befasste. Jacen erhielt reichlich Gelegenheit, das Tierleben vor Ort zu erforschen und zu studieren, wenngleich er offiziell nur herumstreunte, um im nahen Unterholz nach weiteren Trümmerstücken zu suchen. Dann und wann düste er mit Lowies T-23 zur Akademie, um Ersatzteile, die seine Schwester oder der Wookiee dringend benötigten, herbeizuschaffen. Tenel Ka übernahm indes gewissenhaft jede ihr zugewiesene Aufgabe und bewies besonderes Geschick im Handling ungefüger und schwerer Metallplatten, die auf die Hülle des TIE-Jägers geschweißt werden mussten, um größere Lecks zu schließen.

"He, Tenel Ka!", scherzte Jacen zwischendurch. "Weißt du, was *ha-ha-ha ... rums*! macht?"

Ihre grauen, wie polierte Steine glänzenden Augen musterten ihn desinteressiert. "Nein, keine Ahnung."

"Ein Droide, der vor Lachen den Kopf verliert!" Jacen kicherte in sich hinein.

Tenel Ka zeigte sich relativ unbeeindruckt. "Aha." Sie schien kurz über den Witz nachzudenken, ehe sie, ohne den leisesten Anflug von Amüsiertheit, beteuerte: "Wirklich sehr lustig."

Dann wandte sie sich wieder ihrer Arbeit zu.

Von Zeit zu Zeit zog sich Lowie in die Kronen der Bäume zurück, um dort zu meditieren und die Einsamkeit auf sich wirken zu lassen; der junge Wookiee genoss diese Auszeiten in der Stille. Tenel Ka dagegen suchte Entspannung, indem sie während gelegentlicher Pausen ihre athletischen Fertigkeiten trainierte, durchs Unterholz sprintete oder Bäume erkletterte.

Jaina selbst zog es vor, beim Wrack des TIE-Jägers zu bleiben und jeden seiner Winkel aufs Genaueste zu inspizieren. Keine körperliche Verrenkung war ihr zu anstrengend oder zu lächerlich, wenn nur die geringste Chance bestand, den Fortschritt der Arbeiten zu forcieren.

Jaina lag mit dem Bauch auf der Rückenlehne des Pilotensitzes und streckte ihren Kopf unter das Kontrollpult des Cockpits. Ihr Gesäß war nach oben gestreckt, und die Beine ruderten während ihrer Bemühungen in der Luft – als sie unvermittelt einen Stoß gegen den Oberschenkel erhielt.

Sie befreite sich aus der unbequemen Lage. Lowie händigte ihr ein elektronisches Datenbrett aus, auf dem er den Grundriss und die Spezifikationen eines TIE-Jägers geladen hatte. Offenbar war er beim Durchforsten der Datenspeicher im Rechnerzentrum des Großen Tempels fündig geworden. Jaina überflog die Angaben und warf einen Blick auf die Liste mit Computerbauteilen, die Lowbacca benötigte.

"Die meisten davon habe ich in meinem Quartier ", nickte sie. "Jacen dürfte keine Probleme haben, sie zu finden."

MTD schaltete sich ein: "Master Lowbacca wünscht zu wissen, welchen Systemen Ihr Euch als Nächstes zuwenden werdet."

Jaina zog nachdenklich die Stirn in Falten. "Über die Waffensysteme haben wir ja bereits gesprochen. Wir werden sie nicht brauchen. Auch wenn ich der Meinung bin, dass die Lasergeschütze noch funktionsfähig sind, habe ich nicht vor, sie anzuschließen. Als Nächstes werde ich mich mit den Energiesystemen befassen. Die habe ich bisher sträflich vernachlässigt."

Jacen und Tenel Ka gesellten sich zu ihnen und schnappten Teile der Unterhaltung auf. "Du wirst das Solarmodul benötigen, das noch oben im Baum hängt," gab Tenel Ka zu bedenken.

Jacen bediente sich augenzwinkernd des Lieblingsspruchs ihrer Freundin und fragte: "Ist das eine Tatsache?"

Tenel Ka nickte, ohne eine Miene zu verziehen.

Jacen verschränkte selbstzufrieden die Arme vor der Brust. "Wie genau lautete noch einmal die Übung, die uns Tionne für heute aufgetragen hat?"

"Zwei oder mehr Schüler sollen sich zusammenschließen, um gemeinschaftlich ein Objekt zum Schweben zu bringen", wiederholte Tenel Ka den exakten Wortlaut der Aufgabenstellung.

Jaina verstand sofort, worauf Jacen hinaus wollte. Sie klatschte in die Hände und kletterte aus dem Cockpit. "Na, worauf warten wir dann noch?"

Die Ausführung des Vorhabens erwies sich als unerwartet schwierig, aber am Ende schafften sie es doch. Lowie und Tenel Ka erklommen den Baum, um sämtliche Flechten und Zweige, von denen das Solarmodul festgehalten wurde, zu entfernen. Anschließend befestigte Tenel Ka den reißfesten Strick, den sie am Gürtel trug, an dem Trümmerstück des TIE-Jägers, und Lowbacca steuerte ein paar kräftige Lianen bei, um die schwere Platte zusätzlich zu sichern. Jaina und Jacen beobachteten die Vorbereitungen von einem der unteren Äste des Baumes aus und reckten die Hälse, um genügend zu erkennen.

"Sind alle bereit?", fragte Jaina. "Okay. Konzentriert euch!" Sie fassten das im hellen Sonnenlicht schimmernde Solarmodul ins Auge, prägten sich Einzelheiten des Wrackteils ein und tasteten es mit ihren übergeordneten Sinnen ab.

"Jetzt", sagte Jaina.

Daraufhin streckten sie ihre geistigen Fühler aus und vereinten ihre Kräfte. Gemeinschaftlich hoben sie die Platte behutsam aus dem Geäst, in dem sie seit Jahrzehnten verkeilt gehangen hatte. Einen kurzen Moment lang hing das große, flache Rechteck bedrohlich schwankend in der Luft, dann senkte es sich langsam herab. Tenel Ka hielt das Faserseil straff und lenkte so das seines wahren Gewichts beraubte Objekt abwärts.

Auf halber Strecke setzten sie das Modul wieder ab. Tenel Ka und Lowbacca banden die Sicherungsseile los, rückten nach und befestigten sie an einem der Äste, auf denen die Platte jetzt ruhte.

Die ganze Aktion verlief alles andere als optimal. Die Koordination ihrer mentalen Kräfte erwies sich als ausgesprochen schwierig, und jeder der vier Freunde verlor mindestens einmal den geistigen Zugriff. Doch stets verhinderten die Stricke das Schlimmste.

Schließlich hatten sie es geschafft. Völlig verausgabt blickten die vier Jedi-Schüler auf das Solarmodul, das vor ihnen am Boden lag. Doch noch waren die Strapazen nicht vorüber. Schnaufend und keuchend schleppten sie die schwere Platte zur Absturzstelle.

Mit einem Seufzer der Erschöpfung setzte sich Jaina neben den TIE-Jäger und ließ sich nach hinten ins Gehölz sinken. Es wurde ihr nicht bewusst, dass ihr Haar ähnlich zerzaust und voller Gestrüpp war, wie sonst nur das ihres Bruders.

Lowie kramte in der Vorratsbox herum, die sie jeden Tag mitnahmen, und warf jedem ein Essenspaket zu. Als Jainas Ration unsanft auf ihrem Bauch landete, rollte sie sich mit gespielter Entrüstung murrend auf die Seite. Nachdenklich betrachtete sie ein Loch in der Außenhülle des TIE-Jägers.

"Ich wette", sagte sie nach einer Weile, das Kinn auf eine Hand gestützt, "dass sich hier genügend Raum böte, um einen Hyperantrieb einzubauen."

"Sagtest du nicht, dass TIE-Jäger Kurzstreckenmaschinen seien", warf Tenel Ka irritiert ein.

Lowie sann mit einem nachdenklich klingenden Laut darüber nach. Jacen stöhnte bei dem Gedanken an vielleicht noch mehr Arbeit schon einmal vorsorglich auf.

"Sie waren für Kurzstreckenflüge *gedacht*", sagte Jaina. "Auf einen Hyperantrieb wurde verzichtet, weil der Imperator ihre Wendigkeit nicht durch zu hohes Eigengewicht aufs Spiel setzen wollte."

Jacen schnaubte. "Oder weil er sicher gehen wollte, dass keiner seiner Kampfpiloten auf dumme Gedanken kam. Auf den Gedanken an Fahnenflucht zum Beispiel."

Jaina wandte sich ihm grinsend zu. "So habe ich es noch nie betrachtet – aber es könnte durchaus etwas dran sein." Ihr Gesicht glühte vor neu erwachtem Tatendrang, als sie ihre Freunde der Reihe nach bedeutsam ansah. "Ich wüsste nicht, was uns davon abhalten könnte, *diesen* TIE-Jäger mit einem Hyperantrieb auszustatten! Dad hat mir einen zum Herumbasteln überlassen."

"Möglich wäre es vermutlich", sagte Tenel Ka, nicht gerade begeistert.

Sie waren alle ziemlich fertig, das wusste Jaina. Aber ihr schwirrte der Kopf, wenn sie sich die Möglichkeiten vor Augen führte, die sich aus ihrer, wie sie selbst zugeben musste, einigermaßen verrückten Idee ergaben. "Okay, fliegen wir zuerst mal zurück zur Akademie", sagte sie. "Ich will ein paar Tests durchführen. Hier haben wir für heute genug getan."

Jacen seufzte erleichtert: "Ehrlich, das ist dein wohl bester Einfall seit langem."

Am Nachmittag des darauffolgenden Tages lag Jacen unweit der Absturzstelle flach auf dem Bauch, das Kinn auf die geballte Faust gebettet, und überblickte aufmerksam den feuchten Boden neben einigen niedrigen, dicht verwachsenen Büschen. Seine Schuhe ragten aus dem Gestrüpp hervor, sodass die anderen ihn mühelos ausmachen konnten, wenn sie zwischendurch von ihrer Arbeit aufschauten – was allerdings nur äußerst selten geschah. Hinter Jacen erklang unablässig das Gehämmer und Geklimper, das Jainas Versuch begleitete, den TIE-Jäger mit dem mitgebrachten Hyperantriebsaggregat auszurüsten.

Ein immer wieder dazwischenfahrendes dumpfes *Plaff*

verriet überdies, dass Tenel Ka und Lowbacca dabei waren, das Loch im Boden des wiederbeschafften Solarmoduls mit breiiger Plastikfüllmasse zuzuspachteln.

Anders ausgedrückt: Alle waren so beschäftigt, dass Jacen ausreichend Gelegenheit hatte, seine Suche nach weiteren 'Trümmerstücken' ungestört fortzusetzen.

Fasziniert sah er einem blattartigen Geschöpf, das sich der blaugrünen Färbung des Laubwerks angepasst hatte, dabei zu, wie es sich an einen Zweig anschmiegte. Dann streckte es seine lange, braun gefleckte Zunge heraus und presste sie in perfekter Tarnung gegen das Holz. Jacen konnte die freudige Erwartung des Tierchens förmlich spüren. Bald würde sich, von Duftstoffen angezogen, die Jacen nicht wahrzunehmen vermochte, ein winziges Insekt nach dem anderen einfinden, auf den 'Zweig' begeben – und daran hängenbleiben.

Jacen schüttelte lächelnd den Kopf, als das gerissene Tierchen seine Zunge mit einem hörbaren *Wwusch* wieder zurückschnellen ließ.

Nachdem er auf dem Waldboden nichts entdecken konnte, was das blattartige, flink davonhuschende Geschöpf erschreckt haben könnte, berührte Jacen das Gebüsch. Sein sachtes Rütteln wurde unmittelbar belohnt. Etwas plumpste unmittelbar neben seinem Ellbogen auf die Erde.

Er hob es auf. Es war ein imperiales Rangabzeichen.

Als er es in der Hand drehte, nahm er aus den Augenwinkeln heraus ein nur allzu vertrautes Schimmern wahr – und griff reflexartig zu. Gleich darauf zog er sich aus dem Gestrüpp zurück, richtete sich auf, lehnte sich nur wenige Augenblicke später lässig gegen den TIE-Jäger und rief: "Seht nur, was ich gefunden habe!"

Seine Schwester ließ sich nur von der Gürtellinie abwärts blicken, während sie im Cockpit weiter damit beschäftigt war, Teile des Hyperantriebs hinter dem Pilotensitz zu installieren.

Ihre Stimme drang gedämpft nach draußen: "Augenblick noch. Den Thermobrenner bitte!"

Tenel Ka reichte ihr das schmale Werkzeug von der anderen Seite der offenen Kanzel hinein. Sie und Lowbacca wischten sich Reste der Plastikfüllmasse von den Händen und umrundeten den Jäger, um nachzusehen, was Jacen aufgestöbert hatte.

"Eine Brosche?" Tenel Ka betrachtete den Gegenstand aus nächster Nähe.

Jacen verneinte kopfschüttelnd. "Das ist ein imperiales Abzeichen. Muss sich von irgendeiner Uniform gelöst haben."

"So!" Jaina hangelte sich aus dem Cockpit des TIE-Jägers. "Das sollte reichen."

Jacen reichte ihr das Abzeichen, was sie aber nur zu einem geistesabwesenden Nicken veranlasste.

"Ich habe noch etwas gefunden", sagte er und hob den linken Arm, der von einer glänzenden Aura umwoben schien.

Jaina entschlüpfte ein Laut, der irgendwo zwischen Knurren und Lachen angesiedelt war, und wich zurück. "Na, großartig. Genau das, was uns noch gefehlt hat – eine weitere Kristallschlange, die wir irgendwann wieder einfangen dürfen!"

Jacen flüchtete in eine Strategie, von der er sich bei seiner Schwester einigen Erfolg versprach. "Oh", seufzte er enttäuscht. "Und ich war so überzeugt, dass ich mich auf deinen Erfindungsgeist verlassen könnte ... Ich glaubte wirklich, du wärst imstande, mir einen Käfig zu konstruieren, aus dem die Schlangen *nicht* mehr entfliehen können. – Aber wenn du dir selbst nicht vorstellen kannst, so etwas ..."

Jainas Gesicht schien beim bloßen Gedanken an die Herausforderung aufzuglühen. Doch dann kniff sie ihre cognacfarbenen Augen zu zwei schmalen Schlitzen zusammen, und es wurde klar, dass sie ihn durchschaut hatte. "Das", sagte sie, "ist ein wirklich mieser Trick! Du *weißt*, dass ich dazu ..." Sie schüttelte den Kopf, seufzte in gespieltem Zorn und ergab sich dann dem Unausweichlichen. "Schon gut! Ich werde dir den perfekten Käfig für deine Kristallschlangen ..."

"Tausend Dank!", fiel ihr Bruder ihr feixend ins Wort, bevor sie auf die Idee kommen konnte, ihre Meinung doch noch einmal zu ändern. "Du bist die allerbeste Schwester in der ganzen Galaxis!"

"Aber lass dir nicht einfallen, deine Neuerwerbung in dein Quartier zu nehmen, ehe ich ihren ausbruchsicheren Kerker fertig habe!", fauchte Jaina wesentlich ungalanter zurück.

"Natürlich", versicherte Jacen, "ich werde sie solange an einem sicheren Ort aufbewahren – vielleicht in einem der Lagerräume. Kann ich jetzt bitte das Rangabzeichen wiederhaben?"

Jaina warf es ihm zu. Jacen fing es auf und polierte es am Ärmel seines Overalls. "Ich frage mich, ob es dem Piloten gehört hat."

Lowbacca blickte zum abgestürzten TIE-Jäger. Anschließend fasste er Jacen ins Auge und knurrte etwas, was MTD prompt übersetzte: "Master Lowbacca möchte seine berechtigten Zweifel anmelden, dass ein Mensch den Absturz überlebt haben könnte – selbst wenn die Wucht von den Kronen der Massassi-Bäume gemildert worden sein sollte."

Tenel Kas Blick wurde starr, als sie darauf hinwies: "Aber wir fanden kein Gerippe."

"Nach zwanzig Jahren", kommentierte Jacen schulterzuckend, "ist das nicht *so* verblüffend. Im Dschungel gibt es tausend Formen der Aasbeseitigung. Und wenn er beim Aufprall herausgeschleudert wurde ..."

"Mag sein." Tenel Ka war an weiteren Ausführungen offenbar nicht sonderlich interessiert. Ihre Augen blieben kühl, obwohl ihre Stimme leichte Verärgerung verriet.

Schweigsam machten sie sich wenig später daran, gemeinsam das letzte Leck in der Außenhülle abzudichten.

Während die anderen noch dabei waren, die langsam trocknende Spachtelmasse aufzutragen, entfernte sich Jacen bereits wieder ins Unterholz. Natürlich war es unvernünftig, sich für länger als ein paar Sekunden außer Sichtweite der anderen zu begeben, aber sämtliche Dickichte in unmittelbarer Nähe der Absturzstelle hatte er längst erforscht.

Er beruhigte sein Gewissen, indem er sich selbst das Versprechen abnahm, bestimmt nicht lange wegzubleiben.

Dann schob er seinen Körper in ein besonders verschlungenes Gesträuch aus langblättrigen Pflanzen – und fand sich plötzlich in einer Art Schneise wieder, nicht breiter als sein ausgestreckter Arm. Der Boden hier war frei von jeglichem Bewuchs, als hätten Tiere so oft darauf herumgetrampelt, dass sich die Vegetation nach und nach völlig zurückgebildet hatte. Die Schneise verlor sich tief in der Wildnis und war nichts anderes als – ein Weg!

Ein unverkennbarer schmaler, festgetretener Pfad! Sein sich selbst gegebenes Versprechen, sich nicht zu weit von den anderen zu entfernen, vergaß Jacen angesichts der Möglichkeit, die sich ihm hier auftat, schnell. Voller Entdeckungsdrang folgte er dem Trampelpfad. Dieser Massassi-Hain war jung, die Äste der Bäume dichter am Boden. Kein Wunder, dachte Jacen, dass sie den Pfad von Lowies T-23 aus nicht bemerkt hatten. Wie von unsichtbaren Fäden gezogen, trottete er vorsichtig weiter. Der Dschungel um ihn herum wurde immer dichter, das Zwitschern, Gurren und Schreien der Waldbewohner immer bedrohlicher.

Gerade als sich bei Jacen die Einsicht durchzusetzen begann, dass er die anderen zu weit hinter sich gelassen hatte, gelangte er auf eine Lichtung neben einem schmalen Bachlauf.

Einige Tiere hatten einen Damm durch die Strömung gebaut, der einen Teil des Wasser in ein tiefer liegendes, breites Becken leitete, in dem sich ein seichter Tümpel gebildet hatte. Gegen den verkohlten Stamm eines nahe dem Ufer emporragenden Massassi-Baumes waren, wie eine schräge Überdachung, mehrere kräftige, moos- und farnbedeckte Äste gelehnt – wahrscheinlich der Unterschlupf jenes Dschungelbewohners, dessen Fährte Jacen verfolgt hatte.

Jacen streckte seine geistigen Fühler in Richtung der schlichten Holzbehausung aus, konnte aber nichts Größeres als Insekten erspüren, die dort emsig unterwegs waren. Langsam ging er um den Tümpel herum und näherte sich der Überdachung. Sein Herzschlag beschleunigte sich. Er wusste, dass er vorsichtiger hätte sein müssen. Aber was stellte dieser Ort dar?

Das laute Knacken eines Zweigs unter seinen Schuhsohlen ließ ihn zusammenzucken. Er duckte sich und versuchte, unter die Überdachung zu spähen – und schnappte beim Anblick des Bildes, das sich ihm dort bot, nach Luft.

Fast ein Drittel des Massassi-Baumstamms, gegen den die Äste lehnten, war ausgehöhlt, ein grob gehauenes, aber trockenes Versteck, geräumig genug, dass ein erwachsener Mensch darin aufrecht hätte stehen können. Neben einem teilweise von einem zerfledderten Tuch verdeckten Blätterhaufen, der seiner Form und Größe nach ebensogut ein Bett sein konnte, stand ein primitiver Stuhl. Im hinteren Teil dieser Baumhöhle konnte er eine Art Vorratslager erkennen, in dem sich Körbe mit Früchten und getrockneten Beeren, Glasflaschen und andere Ausrüstungsgegenstände heillos übereinander türmten. Den beachtlichen Stapel krönte ein alptraumhaft schwarzer Helm mit dreieckigen Augenschlitzen und einer Atemmaske, von der zwei Gummischläuche abgingen, die früher einmal, wie Jacen sich unschwer vorstellen konnte, mit einem Sauerstofftornister verbunden gewesen waren.

Der Pilotenhelm eines Imperialen!

Jacen taumelte zurück. Er bekam kaum Luft, stolperte, schlug hin und fand sich in einem Steinkreis wieder.

Eine Feuerstelle.

Mit bloßen Händen wühlte er sich durch die dünne, darüber gestreute Sandschicht und erfühlte zitternd, dass die Asche darunter noch warm war.

Jacen kam wieder auf die Beine und rannte so schnell er konnte weg von diesem Ort. Er preschte den schmalen Dschungelpfad entlang und störte sich nicht an den Zweigen, die ihm ins Gesicht schlugen, oder den Dornen, die sich durch seinen Overall bohrten. Er nahm nicht einmal die Tiere, die er aufschreckte, bewusst wahr. Ohne seinen Lauf zu bremsen, stürzte er sich in das Gebüsch, hinter dem der abgestürzte TIE-Jäger lag.

"Jaina! Tenel Ka! Lowie!", schrie er. "Er ist hier! Er ist noch am Leben! Der TIE-Pilot ist nicht tot!"

Die drei starrten verblüfft zu ihm herüber. Dann hörte Jacen ein plötzliches Rascheln in den Büschen hinter sich. Als er sich umdrehte, blickte er in die verhärmten Züge eines grimmig dreinblickenden Mannes, der aus dem Grün heraustrat. Der Fremde trug eine kaum noch erkennbare Pilotenuniform. Seinen linken Arm hatte er angewinkelt. Die Faust, die in einem schwarzen Handschuh aus festem Leder steckte, hielt einen Blaster, dessen Gefährlichkeit nicht unterschätzt werden durfte, auch wenn es sich nicht um das neueste Modell handelte. Diese Waffe war genau auf die Gruppe der jungen Jedi-Ritter gerichtet.

"Korrekt", griff der Pilot des TIE-Jägers schnarrend Jacens Warnung auf. "Ich bin zweifellos noch am Leben. Und ihr alle seid meine Gefangenen!"

11

Als der TIE-Pilot seine Augen für einen Sekundenbruchteil von ihr abwandte, reagierte Tenel Ka sofort. Nicht umsonst hatte sie die harte Schule der Amazonen auf Dathomir durchlaufen.

"Lauft!", rief sie den anderen zu. Im gleichen Augenblick wirbelte sie herum und hechtete ins nächstgelegene Dickicht, um dem zu erwartenden Beschuss zu entrinnen.

Tenel Kas Aktion zeichnete sich durch eine Schnelligkeit und Gewandtheit aus, die ihre strengsten Kampfausbilder stolz auf sie gemacht hätten. Deren Taktik war ihr in Fleisch und Blut übergegangen:

Verwirre den Feind!

Tue Unerwartetes!

Setze den Feind durch einen Überraschungsangriff außer Gefecht!

Verliere keine Zeit!

Tenel Ka warf sich durch die blaublättrigen Sträucher, stieß mit bloßen Händen dornenbewehrte Zweige beiseite, um sich einen Pfad zu bahnen, der sich unmittelbar hinter ihr sofort wieder schloss. Keuchend stürmte sie vorwärts. Obwohl die spitzen Dornen an ihren nackten Armen und Beinen blutige Kratzter hinterließen, versuchte sie, die immer stechender werdenden Schmerzen zu ignorieren. Der geschuppte Panzer schützte nur lebenswichtige Organe. Immer wieder verfing sich Tenel

Kas wehendes rotgoldenes Haar in den Dornen und riss locker sitzende Blätter und Zweige mit sich. Einige Haarbüschel wurden dabei samt Wurzeln herausgerissen, und die Amazone sog einige Male heftig die Luft durch die zusammengebissenen Zähnen. Stehen blieb sie nicht.

Aber warum hörte sie keinen der anderen fliehen?

"Hol Hilfe!"

Es war Jacen. Offenbar stand er immer noch auf der Lichtung.

Warum machten sie nicht, dass sie wegkamen?

Da fuhr eine Flammenlanze durch das Unterholz zu ihrer Linken.

Der TIE-Pilot feuerte mit seinem Blaster hinter ihr her!

Der Geruch verbrannter Blätter drang in ihre Nase. Tenel Ka warf sich zu Boden, rollte seitwärts, schnellte wieder hoch und schlug, so schnell sie konnte, eine andere Richtung ein. Wie es aussah, blieb ihr nicht einmal mehr die Möglichkeit der Kapitulation. Sie zweifelte keine Sekunde mehr, dass der Fremde sie umbringen würde, wenn sie ihm Gelegenheit dazu bot.

Getrieben von dem einzigen Gedanken, soviel Distanz wie nur möglich zwischen sich und den skrupellosen TIE-Piloten zu bringen, floh Tenel Ka immer tiefer in die unwegsame Wildnis und wechselte mehrmals wahllos die Richtung, um ihren Gegner zu verwirren. Zweige brachen unter ihren Sohlen, und die Amazone achtete kaum noch darauf, wohin sie eigentlich rannte. Sie wollte nur weg – hinein in den Dschungel von Yavin 4, dorthin, wo er am dichtesten war.

Lowbacca zögerte nur eine Sekunde länger als Tenel Ka.

Nachdem sie "Lauft!" geschrien und ins Dickicht gestürzt war, schien sie sich in Luft aufgelöst zu haben. Der TIE-Pilot fuhr herum und richtete seinen Blaster auf die Stelle, wo Tenel Ka zwischen den dichten Büschen verschwunden war.

Diesen Moment der Ablenkung nutzte Lowbacca. Der junge Wookiee brüllte, während er den Stamm des nächstbesten Massassi-Baumes hochkletterte, seine Wut und Verwirrung hinaus. Er stieg immer höher, *wollte ganz nach oben*, wo er sich sicher wähnte.

Nach Ästen und Schlingpflanzen greifend, hangelte er sich in das beinahe völlig lückenlose und von würzigen Düften erfüllte Dach des Waldes hinauf. Unten am Boden begann der Imperiale, wild um sich zu schießen. Geräusche von Treffern und Entladungen in nächster Nähe erreichten den Wookiee. Unmittelbar unter ihm löste sich Rauch, wo hochenergetische Strahlen im Geäst einschlugen und kleine Brände auslösten. Lowie roch das bei der Entfesselung solcher Energien freiwerdende Ozon. Es mischte sich mit dem Gestank zerstörter Vegetation.

Seine ganze Wookiee-Kraft mobilisierend, kletterte Lowbacca höher und höher, bis er endlich dichtverwachsene, mächtigere Äste erreicht hatte, die es ihm gestatteten, den Weg über die Baumkronen bis dorthin fortzusetzen, wo er mit seinem Skyhopper gelandet war.

Er musste Hilfe holen, musste seine Freunde retten. Tenel Ka war in Sicherheit – jedenfalls hoffte er es –, aber Jacen und Jaina hatten nicht schnell genug reagiert, und sie wären auch nicht in der Lage gewesen, sich in dieser Umgebung zu behaupten.

"Ach, du gute Güte!", jammerte der Übersetzerdroide am Gürtel um Lowbaccas Taille. "Wohin sollen wir uns wenden? Diese schreckliche Person hat versucht, uns alle umzubringen! Kaum auszudenken, was dabei alles hätte passieren können!"

Lowie setzte seinen Weg über die starken Äste fort und entfernte sich behende immer weiter von dem blindwütig schießenden Piloten.

"Master Lowbacca, so antworten Sie mir doch!", drängte MTD, dessen Stimme blechern aus dem winzigen Lautsprecher hallte. "Sie können mich hier doch nicht einfach so hängen lassen, also wirklich."

Lowbacca brummte etwas, ohne in seinen Bewegungen innezuhalten.

"Nun, das ist bestimmt nicht der Punkt", wiegelte MTD ab, "ich täte gewiss, was ich könnte. Nur weil ich über keinerlei Funktionsarme oder -beine verfüge, heißt das noch lange nicht, dass ich nicht helfen *möchte*!"

Inzwischen waren die Geräusche der Strahlwaffe verstummt, und Lowbacca befürchtete, dass dies nur bedeuten konnte, dass sich die Zwillinge in der Hand des Imperialen befanden - oder Schlimmeres. Seine Gedanken gerieten in Panik. Er war zu jedem persönlichen Einsatz bereit, um Jacen und Jaina zu retten. Aber *wie* sollte er es anstellen? Er besaß keinerlei Erfahrung in solchen Dingen. Dass Tenel Ka allein auf sich gestellt etwas Entscheidendes bewegen könnte, glaubte er keinen Moment. Deshalb *musste* er volles Risiko eingehen.

Die Äste in den Baumkronen wurden dünner und ragten auf die Lichtung, auf der Lowbacca den T-23 gelandet hatte. Das kleine Schiff stand immer noch dort. Der Wookiee kletterte in die tieferen Ebenen des Astgeflechts und ließ sich das letzte Stück bis zum Boden an einer Schlingpflanze hinab.

Der Skyhopper war seine einzige reelle Chance.

Als sein Onkel Chewie ihm dieses Geschenk gemacht hatte, hätte Lowbacca vor Stolz platzen können. Nun aber nistete sich die Sorge in ihm ein, der Skyhopper könnte zu schwach und verschlissen sein, um gegen den vergessenen, bewaffneten Soldaten des einstigen Imperiums etwas ausrichten zu können.

Er schlich geduckt durch das Unterholz zu seiner Maschine. Nur mit ihr würde es ihm vielleicht gelingen, die Freunde zu befreien. Eine brauchbare Alternative existierte nicht.

Die Luft war erfüllt vom Summen der Insekten. Gelegentlich kreischte ein verborgenes Tier in den Bäumen. Kein Blasterfeuer, kein Kampflärm, keine Schmerzensschreie. Es war ruhig. Zu ruhig – wie Lowbacca fand.

"Eine ausgezeichnete Idee", lobte MTD, als sie sich dem T-23 näherten. "Wir kehren zur Jedi-Akademie zurück und holen Verstärkung, nicht wahr? Das ist gewiss bei weitem das Klügste, was man in dieser Situation tun kann!"

Aber Lowie ahnte, dass solche Hilfe zu spät für die Zwillinge kommen würde. Hier und *jetzt* musste etwas getan werden. Er informierte MTD über seine Absichten, und der Miniatur-Übersetzerdroide schrie in hellem Entsetzen auf.

"Aber, Master Lowbacca! Der T-23 ist waffenlos. Es wäre unverantwortlich, mit ihm gegen einen erfahrenen Soldaten zu fliegen! Gegen einen professionellen Kämpfer, der zu allem fähig ist!"

Lowie hegte durchaus ähnliche Befürchtungen, während er die Repulsortriebwerke des T-23 hochfuhr. Trotzdem gab er sich gegenüber dem Droiden optimistisch.

"Trümpfe? Welche *Trümpfe* wollt Ihr in Eurem Ärmel

stecken haben?", fragte MTD ungläubig nach. "Davon abgesehen: Sie *haben* überhaupt keine Ärmel!"

Das tiefe Dröhnen des Antriebs weckte Zuversicht. Der Lärm bohrte sich in die Stille des Dschungels, und Lowie glaubte, die beizenden Abgase auf der Zunge zu schmekken. Er schnaubte. Sein schwarzer Pilotensitz vibrierte unter den Startvorbereitungen.

Es würde nicht einfach werden, die Maschine zwischen den Bäumen hindurch bis zur Absturzstelle des TIE-Jägers zu manövrieren – aber wenn er seine Freunde retten wollte, blieb ihm keine andere Wahl. Vielleicht würde bereits der nahende Lärm genügen, den Piloten in die Flucht zu schlagen. Dann hätte er die Freunde relativ risikolos an Bord nehmen und sich mit ihnen davonstehlen können.

Lowbacca schaltete aus dem Leerlauf, und der T-23 hob mit einem Satz von seinem Landeplatz auf der zertrampelten Lichtung ab. Die Ionentriebwerke heulten auf, als das kleine Schiff wie ein Pfeil auf den Wald zuschoss. Im Slalom wich Lowbacca herabhängenden Ästen und anderem Gestrüpp aus. Er jagte dorthin, wo sich seine Kameraden befanden – und ein kaum kalkulierbarer Gegner.

Jacen und Jaina hatten ihre kurzzeitige Lähmung abgeschüttelt, sich herumgeworfen und ebenfalls zu entkommen versucht – aber der fast reparierte TIE-Jäger verbaute ihnen den Weg.

Jaina hielt sich an Jacens Arm fest. Sie hatten beide Angst, entsetzliche Angst, aber ihre einzige Chance bestand darin, in Bewegung zu bleiben. *In Bewegung ...*

Der verwahrloste Pilot schoss zweimal in das Dickicht, in dem Tenel Ka verschwunden war. Eine Wolke aus Funken stiebendem Gestrüpp und geborstenen Zweigen flog durch die Luft. Für Augenblicke fürchtete Jaina, dass ihre amazonenhafte Freundin von Dathomir getötet worden sei – doch dann hörte sie das sich weiter entfernende Rascheln der Blätter und knackende Zweige. Tenel Ka setzte ihre verzweifelte Flucht offenkundig fort.

Der TIE-Pilot feuerte blindwütig in die Bäume hinauf und vernichtete dabei das untere Astwerk – Lowbacca aber war längst im Grün verschwunden.

Die Zwillinge umrundeten den Rumpf des abgestürzten Jägers. Jacen stolperte über einen rechteckigen Kasten voller Schraubenschlüssel, Cybersicherungen und anderer Werkzeuge, die sie für die Reparatur des Wracks zusammengestellt hatten. Er fiel der Länge nach hin.

Jaina versuchte, ihren Bruder am Arm wieder hochzuziehen. Da erzitterte der Boden wie von der Explosionswucht einer Sprengladung. Ein Blasterstrahl hatte die Außenhülle des TIE-Jägers getroffen, war davon abgeprallt und versprühte eine nach allen Seiten leckende Energiekaskade.

Jaina erstarrte inmitten ihrer Bewegung. Dann hob sie die Hände und ergab sich. Das Risiko, dass der nächste Schuss sitzen würde, war zu groß.

Jacen rappelte sich auf, kam neben seiner Schwester zum Stehen und klopfte sich, um seine Nervosität zu kaschieren, den Schmutz vom Overall.

Der TIE-Pilot machte zwei Schritte auf sie zu, umpanzert von seinem wie eine verbeulte Rüstung erscheinenden Anzug. In seinen Zügen wucherte kalter Zorn.

"Keine Bewegung", sagte er, "oder ihr werdet sterben, Rebellenabschaum!"

Seine pechschwarze Pilotenrüstung war in den Jahren

seines Dschungelexils völlig zerschlissen. Der verkrüppelte, steife linke Arm des Imperialen erinnerte an die Extremität eines Droiden; die schwere Verletzung schien alt und bereits vor langer Zeit – wenn auch mit bleibendem Handicap – verheilt zu sein. Alles in allem machte der Pilot den Eindruck eines hartgesottenen und verbitterten Veteranen. Als sich seine und Jainas Blicke kreuzten, fühlte sie sich mehr als beunruhigt.

"Ihr seid meine Gefangenen." Er gestikulierte mit dem veralteten Blaster, den er in seiner verdrehten, behandschuhten Faust hielt.

"Senkt Eure Waffe!" Jaina versuchte sich mit ganzer Kraft auf die ihr bekannten Jedi-Überzeugungstechniken zu konzentrieren. "Ihr braucht sie nicht!"

Ihr Onkel Luke hatte ihnen davon erzählt, wie Obi-Wan Kenobi seine Macht dazu genutzt hatte, um die Gedanken zaudernder Imperialer unter seinen Willen zu zwingen.

"Lasst den Blaster fallen", sagte sie noch einmal mit hypnotisierender, sanfter Stimme.

Jacen schaltete sofort. "Lasst den Blaster fallen!" wiederholte er suggerierend die Worte seiner Schwester.

Beide sagten es noch einmal mit echoartig versetzten Stimmen. Sie versuchten, friedfertige Gefühle zu übertragen, warmherzige Gedanken, um den Geist des TIE-Piloten einzuschläfern ... ähnlich, wie Jacen es bei der entwischten Kristallschlange getan hatte.

Der grauhaarige TIE-Pilot schüttelte den Kopf. Seine unruhigen Augen wurden zu engen Schlitzen. Der Lauf des Blasters zitterte, senkte sich aber nur geringfügig.

Warum funktioniert es nicht? dachte Jaina, und neue Verzweiflung begann in ihr zu keimen.

"Senkt Eure Waffe!", sagte sie wieder, diesmal noch eine Spur eindringlicher. Aber sie rannte gegen eine so unerschütterliche, in Schwarzweißdenken erstarrte Wand aus Gedanken an, dass sie sich voller Grauen an das Programm eines Droiden erinnert fühlte.

Plötzlich, während er Jaina aus gespenstisch finsteren Augen taxierte, straffte sich die Gestalt des Piloten. "Kapitulation wäre Verrat", leierte er herunter, was ihm irgendwann einmal eingeschärft worden war.

Jacen sah ihre Felle davonschwimmen, warf alle Rücksicht über Bord und griff mit der Macht nach der Waffe des Soldaten.

"Den Blaster!", zischte er Jaina zu, die verstand und ihn sofort unterstützte. So fest sie konnten, zerrten sie an der veraltete Waffe. Aber der gepanzerte Handschuh umklammerte den Kolben mit solcher Entschlossenheit, als wäre er damit verwachsen. Möglicherweise waren Handschuh und Blaster tatsächlich aneinander geschweißt, denn der TIE-Pilot umfasste nun mit der anderen Hand den Lauf und dirigierte die Mündung so, dass sie wieder genau auf die Zwillinge zeigte.

"Unterlasst eure miesen Jedi-Tricks!", fauchte er frostig. "Kein Widerstand mehr, sonst werde ich euch auf der Stelle exekutieren!"

Angesichts der Tatsache, dass der Pilot nur den Auslöser zu drücken brauchte, um seine Drohung wahr zu machen – und dies weit weniger Mühe und Zeit erfordert hätte, als ihm gegen seinen Widerstand die Waffe vielleicht doch noch zu entwinden – lösten Jacen und Jaina ihre Konzentration und gaben den Kampf auf.

Genau in diesem Augenblick erscholl brausender Lärm aus den oberen Regionen des Waldes – ein auf Hochtouren laufender Antriebsmotor näherte sich.

"Das kann nur Lowie sein!", entfuhr es Jacen.

Schon brach der T-23 donnernd durch die Äste und pflügte sich mit hoher Geschwindigkeit wie eine angreifende Bantha zur Absturzstelle durch.

"Was hat er vor?" Jacen versuchte, Ruhe zu bewahren. Der ohrenbetäubende Lärm verhinderte, dass der Imperiale ihn hören konnte. "Er ist unbewaffnet ..."

"Er versucht, den Piloten abzulenken", sagte Jaina. "Wahrscheinlich will er uns eine Gelegenheit verschaffen, doch noch zu fliehen."

Aber der schwer gepanzerte Soldat stand so unerschütterlich in der Mitte der Lichtung wie ein Fels in der Brandung. Seine Beine waren, um eine bessere Kontrolle über das Gleichgewicht zu wahren, gespreizt, und kompromisslos, ohne das geringste Zögern, brachte er den Blaster in Anschlag auf den Skyhopper.

Jaina wusste, dass der T-23 in einer ultraheißen Explosion verglühen würde, falls der Antriebsreaktor von einem Blasterstrahl getroffen wurde – nicht nur Lowbacca, sie alle würden dabei umkommen!

Lowbacca lenkte den T-23 herab, als wollte er den TIE-Piloten rammen. Der zu allem entschlossene Imperiale visierte den Reaktorbereich des Skyhoppers an – und drückte den Auslöser.

"Nein!" Im Schreien *stieß* Jaina mit ihrem Geist zu. Es geschah im allerletzten Augenblick. Die Macht schmetterte den Arm des Soldaten zur Seite, sodass er sein Ziel haarscharf verfehlte. Der grelle Energiebalken wanderte über die Düsen des Repulsorantriebs, deren Wandungen an einigen Stellen aufplatzten und Fontänen von Kühlflüssigkeit entweichen ließen. Offenbar trat auch Treibstoff aus, denn es bildeten sich Wolken graublauen Rauchs. Der Antrieb des T-23 begann zu stottern. Die Maschine geriet ins Trudeln.

Lowie versuchte, gegenzusteuern und den Skyhopper in der Luft zu halten. Haarscharf flog er an einem der Massassi-Bäume vorbei. Die schwerbeschädigte Maschine ließ sich kaum noch manövrieren.

"Himmel, Lowie!", flüsterte Jacen. "Steig aus, solange es noch geht ...!"

"Schleudersitz!", stöhnte auch Jaina. "Gleich geht das Ding hoch!"

Aber irgendwie schaffte es Lowbacca, wieder an Höhe und Flugstabilität zu gewinnen. Er wich den riesigen Bäumen aus und entfernte sich wieder durch das Blätterdach. Die Antriebsaggregate wimmerten und zogen einen Strom faulig riechender Abgase hinter sich her, in dem sich die Vegetation kräuselte und zu welken begann.

"Er wird nicht weit kommen", prophezeite der Imperiale mit rauher Stimme. "Er ist schon so gut wie tot!"

Obwohl der Skyhopper bereits außer Sichtweite war, hoch über den Baumkronen, konnte Jaina immer noch das Triebwerk ächzen, aus- und immer wieder einsetzen hören. Die Geräusche ebbten ab, je weiter sich die angeschlagene Maschine entfernte, doch nach wie vor drangen sie unnatürlich laut durch die relative Stille des Waldes. Der Repulsorantrieb trug den T-23 stotternd davon – bis schließlich nichts mehr zu hören war als die Geräusche des Dschungels.

Der Imperiale fuchtelte mit dem Blaster und befahl mit versteinerter Miene: "Mitkommen, Gefangene! Solltet ihr noch einmal Widerstand leisten, werdet ihr sterben ..."

12

Lowbacca kämpfte gegen die Eskapaden des T-23 und bemühte sich verzweifelt, den torkelnden Irrsinnsflug über dem Dach des Waldes unter Kontrolle zu bekommen.

Fetter, zerfasernder Rauch quoll als Endlosfaden aus dem Triebwerksbereich und wurde von der Maschine hinter sich hergezogen. Lowie riskierte mehrere schnelle Blicke durch die Kanzelverglasung und versuchte, den Schaden abzuschätzen. Flammen sah er nicht, aber die Situation war auch so schon schlimm genug. Die turbulenten spätnachmittäglichen Luftströmungen drohten, den Skyhopper endgültig vom Kurs abzubringen.

Der T-23 ruckte und sackte immer wieder nach unten weg. Als er an einem der höher herausragenden Äste entlangschrammte, schabte das Holz wie lange Fingernägel über den Bauch und Rumpf des Schiffes. Doch Lowbacca schaffte es, den Flug zu stabilisieren und die Maschine halbwegs auf dem eingeschlagenen Kurs zu halten. Er war ein geschickter Pilot und wild entschlossen, es zurück zur Akademie zu schaffen, um Hilfe zu organisieren – koste es, was es wolle. Was aus Tenel Ka geworden war, wusste er nicht. Vielleicht war es ihr gelungen, dem TIE-Piloten zu entkommen – vielleicht aber auch nicht. Vieles sprach dafür, dass Lowbacca die einzig verbliebene Hoffnung seiner Freunde war.

Sein Herz schlug quälend heftig, und die ins Cockpit dringenden Abgase brachten seine Augen zum Tränen. Der Begleitgeruch war säuerlich und entfaltete außerdem mit der Zeit schädliche Einflüsse. Der Wookiee spürte ein leichtes Schwindelgefühl aufkommen.

"Master Lowbacca", rief MTD wie auf Stichwort, "meine Sensoren melden, dass erhebliche Mengen Rauch ins Cockpit gedrungen sind. Ich befürchte gesundheitliche Beeinträchtigungen bei –"

Lowbacca machte seinem Unmut knurrend Luft. Glaubte dieser Droide etwa, sein eigener Geruchssinn wäre nicht imstande, Rauch von atembarer Luft zu unterscheiden?

"Schon gut", rechtfertigte der Miniatur-Übersetzerdroide eilends seine Warnung. "*Noch* dürfte der Grad der Verschmutzung tolerierbar sein, aber sobald sich der Luftaustausch wegen sinkender Geschwindigkeit verringern sollte, wird sich hier drinnen der Rauch stauen, und die giftigen Schwebstoffe erreichen eine potentiell lebensgefährdende Dichte", der Droide hob die Stimme, "*auch für einen Wookiee!"*

Wieder ging ein Ruck durch die Maschine, der Antrieb stotterte, und erneut kratzten Äste an der Hülle. Lowbacca reagierte mit der gleichen grimmigen Entschlossenheit wie die Male davor und brachte den Skyhopper wieder nach oben. Gleichzeitig spürte er, dass es immer schwieriger wurde, den T-23 in der Luft und auf Kurs zu halten. Jeden Moment konnte das endgültige Aus kommen.

Aber das durfte nicht geschehen. Er *musste* es schaffen. Ohne ihn waren seine Freunde verloren!

Die nächste Erschütterung – der nächste Höhenverlust.

Lowbacca pumpte keuchend Luft in seine Lungen.

Und wie als Reaktion darauf verfiel das Antriebsgeräusch in kränkliches Husten und Gurgeln.

Und erstarb.

Lowie warf alles in die Waagschale, was er an Flugkenntnissen besaß, um die Maschine während ihres rapide beginnenden Sinkflugs wenigstens einigermaßen stabil zu halten.

Unaufhaltsam raste er dem lückenlos, trügerisch *weich* wirkenden Dach des Waldes entgegen. Dann brach der T-23 ein und wurde in einem Blizzard aus Blättern und Zweigen krachend bis zum völligen Stillstand abgebremst. Vergleichbar mit einem verletzten Flugsaurier blieb der Skyhopper in den Baumwipfeln verfangen hängen, seine rechte untere Tragfläche war völlig unter Blättern begraben. Das linke Triebwerk tuckerte immer noch verhalten, während die aus dem beschädigten Repulsorantrieb aufsteigenden Rauchschwaden in das Cockpit eindrangen und das Atmen immer schwieriger werden ließen.

Lowbacca schwirrte von dem Aufprall noch der Kopf, aber er wusste, dass er keine Zeit zu verlieren hatte: Er musste so schnell wie möglich raus aus diesem Ding! Tastend versuchte er, die Gurte zu lösen. Die Sicht durch den beizenden Rauch war gleich null, und nicht nur seine Augen, auch seine Lungen begannen zu revoltieren.

Die Benommenheit ließ seine Finger schwerfällig werden. Schließlich versuchte er es, seinen Instinkten gehorchend, mit Brachialgewalt. Mit einem wütenden Brüllen zerrte er an den zur tödlichen Falle gewordenen Gurten. Schließlich gaben sie, durch den Aufprall bereits in Mitleidenschaft gezogen, nach. Mühsam quälte er sich aus dem verhedderten Geflecht und kletterte aus dem Cockpit.

Während er sich über die Äste von dem rauchenden T-23 entfernte, registrierte Lowbacca, wenn auch mehr unterschwellig, dass sich noch immer keine Flammen entzündet hatten. Tief sog er die saubere, tropisch feuchte Luft des Yavin-Mondes ein und bahnte sich in der beginnenden Abenddämmerung einen Weg durch die Baumkronen. Eines seiner Knie schmerzte seit der Bruchlandung. Es war gegen die Verkleidung des Kontrollpults geprallt.

Aber er hatte keine Zeit, sich mit Lappalien aufzuhalten. Sein Rettungsversuch, wie er ihn ursprünglich geplant hatte, mochte gescheitert sein. Aber noch war nicht aller Tage Abend. Es bestand immer noch eine Chance. Er musste es nur irgendwie schaffen, zurück zur Akademie zu gelangen.

Beim hastigen Klettern in den oberen Ästen bemerkte Lowbacca nicht, dass die Spange, mit der MTD an seinem Gürtel befestigt war, abbrach.

Der winzige Droide fiel mit leisem Jammern in den Wald hinab.

Die Dämmerung wurde überfallartig zur finstersten Dschungelnacht. Horden räuberischer Tiere schwärmten zur Jagd aus – und auch Lowbacca arbeitete sich wie besessen voran.

Sein gesunder Wookiee-Verstand hatte ihm geraten, hoch in den Wipfeln des Waldes zu bleiben und sich auf einer Ebene zu bewegen, wo das Geäst ideal ausgebildet war, um seinen agilen Körper sicher von einem Baum zum nächsten zu tragen. Wann immer er die untrüglichen Signale völliger Erschöpfung aus seinen Beinen auffing oder sein verletztes Knie den Dienst zu versagen drohte, veränderte Lowbacca seinen Fortbewegungsstil und verließ sich nur noch auf seine kräftigen Arme, mit denen er sich von Ast zu Ast schwang, während sein hochempfindliches Sehvermögen die nächtlichen Schatten auflöste.

Aber er hielt nie an, um auszuruhen. Später, wenn seine Aufgabe erfüllt war, konnte er sich immer noch erholen ...

Seine Sinne arbeiteten so präzise wie der chirurgische Laserstrahl eines Medidroiden. Die sensiblen Fußballen und sein scharfer Geruchssinn halfen ihm, morschen oder von Fäulnis befallenen Stellen und rutschigem Moosbewuchs auf den Ästen rechtzeitig aus dem Weg zu gehen. Sein phantastisches Gehör ließ ihn zwischen den Geräuschen, die der Wind in den Blättern verursachte, und dem Geraschel der Nachttiere, die die Baumhöhen zu ihrem Jagdrevier erkoren hatten, unterscheiden. Meistens war er längst gewarnt, bevor einer dieser nächtlichen Räuber auch nur in seine Nähe kam.

Lowbacca fürchtete weder die Dunkelheit noch die Wildnis. Die Urwälder von Kashyyyk beherbergten vermutlich weit größere Gefahren. Mehr als einmal hatte er sich ihnen gestellt – und sie überlebt. Er erinnerte sich an Wagnisse zu nächtlicher Stunde, die er mit seinen Cousins und Freunden eingegangen war: tollkühne Kletterpartien in den oberen Baumregionen, halsbrecherische Sprungübungen und Geschicklichkeitswettkämpfe, riskante Expeditionen in die tückischen tieferen Regionen, um ihren Mut zu proben – eben die üblichen Rituale des Erwachsenwerdens.

Beim Passieren eines besonders dicht verfilzten Blattgestrüpps verhakte sich Lowies Gürtel und riss einen der Zweige mit sich. Reflexartig schoss Lowbaccas Hand an die Taille, um den hinderlichen Ast zu entfernen. Flüchtig berührten seine Finger das kunstvoll geflochtene Gewebe – und der Wookiee erinnerte sich an die Nacht, da er diesen Gürtel nach einem gefährlichen Initiationsritus erhalten hatte.

Ja, er erinnerte sich ... Sein Herz hatte damals gerast, während er bis zum Boden des Urwalds hinabgestiegen war. Davor war Lowie nur zweimal so weit unten gewesen, wenn er, wie es gebräuchlich war, gute Freunde bei deren Riten begleitet hatte. Es kostete große Anstrengung und erforderte höchstes Geschick, die langen, seidenweichen Fäden aus der Blüte der tödlichen Syrenpflanze zu ernten.

Dennoch hatte Lowbacca auf eine Begleitung verzichtet und es vorgezogen, der Herausforderung, die eine gefräßige Syrenpflanze darstellte, auf sich allein gestellt zu begegnen, ohne die Hilfe geliehener Muskelkraft.

Jene Nacht auf Kashyyyk war kühl und feucht gewesen. Die laute Kulisse aus Schreien, Zirpen, Knurren und Krächzen hatte ihn schier überwältigt. Auf den untersten Ästen hatte Lowie energisch den Riemen seines Tornisters straffer gezogen und mit der Suche begonnen.

Alle Sinne in Alarmbereitschaft, hatte er sich vorsichtig von Ast zu Ast bewegt, bis ihm der verlockende Duft einer wilden Syrenpflanze in die Nase gestiegen war. Mit sicherem Instinkt war er dem besonderen Geruch gefolgt, getrieben von einer Mischung aus Vorfreude und Angst. Schließlich war er im Geäst unmittelbar oberhalb der Pflanze angekommen. Kauernd hatte er sich nach vorne gebeugt, um die bewegungslose, unglaublich heimtückische Beute zu studieren.

Die riesige, in der Mitte geteilte Syrenblüte bestand aus zwei glänzenden, ovalen, hellgelben Blättern und ruhte auf einem blutrot gefleckten Stiel, der in seinem Umfang doppelt so dick war wie der starke Ast, auf dem Lowbacca gesessen hatte. Im Zentrum der geöffneten Blüte wuchs ein Büschel langer, weißglänzender Fasern hervor. Sie produzierten ein breites Spektrum an Pheromonen – Duftstoffe also, mit denen sie jedes unbedachte Geschöpf anlockten.

Die Schönheit der gigantischen Blume war trügerisch. Jede Kreatur, die nahe genug herankam, um das empfindliche Fruchtfleisch der Blüte zu berühren, löste die tödlichen Reflexe der Pflanze aus, die blitzschnell den Blätterschlund über dem Opfer schloss und den Verdauungsprozess startete.

Selbstredend war Lowbacca daran gelegen, die glitzernden Fäden in der Blütenmitte zu ernten, *ohne* diese Falle auszulösen.

Der Tradition zufolge wurde die Blume von ein paar Freunden offengehalten, um es dem Wookiee, der diese Probe zu absolvieren hatte, zu ermöglichen, bis zur gefährlichsten Stelle der Blüte vorzudringen, das glänzende Bündel süßlich duftender Fasern zu ernten und schnellstens wieder den Rückzug anzutreten. Doch selbst diese Unterstützung war keine absolute Garantie, unversehrt davonzukommen. Gelegentlich verloren junge Wookiees trotzdem Gliedmaßen, wenn es der fleichfressenden Pflanze gelang, einen zu langsam reagierenden Arm oder ein Bein zu umschlingen.

Entsprechend vorsichtig musste Lowie bei seinem Solotrip zu Werke gehen. Er nahm den Tornister von seinem dicht behaarten Rücken und klaubte die mitgebrachten Utensilien heraus: eine Schutzmaske, ein kräftiges Seil, eine dünne Schnur und ein Vibromesser. Die Maske stülpte er über Nase und Mund, um den verführerischen Syrendüften zu widerstehen. Er wusste, dass Pheromone das überwältigende Verlangen auslösten, länger als nötig an dem Ort ihres Ursprungs zu verweilen oder gar die Quelle, der sie entströmten, zu berühren – und einen solchen Fehler konnte sich Lowbacca nicht leisten.

Er hob den Kopf und lauschte einen kurzen Moment lang den unheimlichen Geräuschen der Nacht. Dann wandte er sich wieder der vor ihm liegenden Aufgabe zu.

Mit wenigen Griffen formte er ein kurzes Stück der dünnen Schnur zu einer lockeren Schleife. Anschließend knüpfte er in das stärkere, längere Seil eine Schlinge, die ihm selbst als Sitz dienen sollte, und befestigte das eine Ende des Stricks am Baum. Das lose Ende schlang er um einen Ast direkt über der Syrenpflanze. Dann hielt er sich an einem Ende fest, glitt vom Ast und ließ sich an seinen muskulösen Armen herab.

Lowie brachte sich so nahe an die sanft wiegenden Blätter der hungrigen Syrenblüte heran, wie er es verantworten konnte. Nur eine Armlänge trennte ihn noch von dem verführerischen Büschel.

Mit seinen starken Kiefern verbiss er sich in das Ende des langen Taus, sicherte so die erreichte Position und löste seine Hände von dem Strick. Dann setzte er die Schlinge der feineren Schnur ein, um das kostbare Faserbüschel wie mit einem Lasso einzufangen und näher zu sich heranzuziehen. Ein rascher Schnitt mit dem Vibromesser – und das Büschel baumelte in der Luft. Mit Triumphgebrüll riss er den Lohn seiner Mühe an sich, drückte das Büschel euphorisch gegen seinen behaarten Oberkörper und verstaute dann die Fasern im Tornister.

In seiner Aufregung entglitt, wie auch immer das geschehen konnte, das Seil seinen Zähnen, rollte über den oberen Ast, peitschte führungslos und streifte dabei ein glänzendes Blatt der tödlicher Blume. In einer Woge von Angst, die ihm den Magen umdrehte, packte Lowbacca das befestigte Ende des Seils und zog sich daran hoch – gerade als das Maul der Syrenpflanze zuschnappte. Die Blumenblätter streiften noch einen seiner Füße und schlossen sich dann mit einem unseligen Schmatzgeräusch, dem sich ein gewaltiger Windstoß anschloss.

Er hatte diese Fasern verdient, dachte Lowie. Jeden einzelnen Faden, aus dem der besondere Gürtel, den er fortan immer getragen hatte, geflochten worden war ...

Die Erschöpfung grub ihre Zähne in jeden Muskel, dennoch kletterte Lowbacca weiter von einem Massassi-Baum zum anderen, Stunde um Stunde, die ganze Nacht hindurch.

Für den Wookiee hatte Entfernung ihre Bedeutung verloren. Alles, was zählte, war, zur Jedi-Akademie zu gelangen. Er hörte nur noch das Keuchen seines eigenen unregelmäßig gewordenen Atems. In seinem verletzten Knie pochte rasender Schmerz. Die Erschöpfung trübte seine Sicht, Zweige und Blätter verfingen sich in seinem Fell. Er drängte nur noch vorwärts, immer nach vorn: Arm-Bein, Arm-Bein, Hand-Fuß, Hand-Fuß ...

Benommen und desorientiert schaute sich Lowie um, nachdem er nach einem Ast gegriffen hatte, der – nicht da war. Unmittelbar vor ihm gab es keinen einzigen Baum mehr ...

Er hob den Kopf und blickte ungläubig auf die vor ihm liegende Lichtung – das Landefeld vor der Akademie! Nun sah er auch den Großen Tempel, sah die Umrisse des majestätischen Stufenbauwerks, die von leuchtenden Fackeln wie ein Sternbild in die Nacht gezeichnet wurden.

Lowbacca konnte sich später kaum daran erinnern, wie er den Baum hinuntergeklettert war und die Lichtung überquert hatte. Er hatte nur noch Gedanken für die Ehrfurcht gebietende, uralte Steinpyramide – und dafür, wie er sich am schnellsten bemerkbar machen konnte. Sein Brüllen erscholl wieder und immer wieder, bis eine Gruppe robentragender Gestalten aus dem Tempel stürzte und die Stufen zu ihm herab eilte.

Die nächtliche, verzweifelte Reise forderte ihren Tribut von Lowie. Die sture Beharrlichkeit, mit der er sich aufrecht gehalten hatte, war nun erschöpft, und sein Knie verweigerte jeden weiteren Dienst. Die wackligen Beine gaben nach, und er sank stöhnend zu Boden.

Er wälzte sich auf den Rücken. Besorgte Gesichter verschwammen vor seinen Augen. Tionne beugte sich über ihn und strich ihm Strähnen seines verfilzten Fells von den Augen.

"Lowbacca, wir waren in Sorge um dich!", sagte sie ernst. "Bist du verletzt?"

Lowie rang um eine Antwort, aber Tionne schien nicht zu verstehen. Ihr Gesicht näherte sich seinem Mund, und ihr Silberhaar schimmerte im Fackellicht.

"Waren Jacen und Jaina bei dir? Und Tenel Ka?"

Lowie versuchte, eine Antwort zu stöhnen.

"Ist etwas passiert?", drang Tionne weiter auf ihn ein. "Kannst du mir sagen, wo sie sind?"

Mit letzter Kraft berichtete Lowbacca, dass die anderen draußen im Dschungel waren und dringend Hilfe benötigten.

Tionnes Stirn runzelte sich beunruhigt. Sie blinzelte mit ihren riesigen, wie Perlen opalisierenden Augen. "Es tut mir leid, Lowbacca, aber ich verstehe kein einziges Wort von dem, was du da sagst."

Lowie tastete nach seinem Gürtel, um MTD zu aktivieren.

Doch der Übersetzerdroide war verschwunden.

13

Tenel Ka hetzte über den stockfinster gewordenen Boden des Dschungels und suchte fieberhaft nach einem Ausweg aus dem Dilemma. Mit angewinkelten Armen versuchte sie, ihre Augen zu schützen und Hindernisse aus dem Weg zu schieben. Dennoch schlugen ständig Zweige in ihr Gesicht, zerrten an ihren Haaren und zerschrammten mitleidlos die unverhüllten Arme und Beine.

Ihr Atmen war zu heftigem Keuchen angeschwollen, weniger eine Folge der körperlichen Beanspruchung – sie war Strapazen dieser Art gewohnt –, sondern vielmehr des Schreckens, den sie durchlebte. Trotz ihrer Verwirrung war sie überzeugt, das Richtige getan zu haben. Der eigene Pulsschlag pochte laut in ihren Schläfen und stritt, gemeinsam mit dem Rauschen ihres Blutes, um die Wette mit einer regelrechten Symphonie exotischer Klänge, mit denen die Dschungelbewohner die eingebrochene Nacht begrüßten. So sehr sie auch in ihrer Erinnerung nach einer Jedi-Beruhigungsmethode kramte, Tenel Ka fand nichts, wovon sie sich wirksame Hilfe versprochen hätte.

Als unmittelbar hinter ihr das laute Gekreische geflügelter Tiere ertönte, wandte Tenel Ka impulsiv den Kopf – und noch ehe sie das Gesicht wieder nach vorn richten konnte, prallte sie mit Wucht gegen den Stamm eines Massassi-Baumes.

Benommen wankte sie einige Schritte zurück und sank

zu Boden. Mit der Hand strich sie über die angeschlagene Gesichtshälfte und untersuchte die Verletzung.

Kein Blut, dachte sie, immer noch wie betäubt. *Wenigstens etwas.*

Ihre Fingerspitzen ertasteten eine empfindliche Schwellung von der Wange bis zur Schläfe. Blaue Flecken waren ihr sicher, vielleicht auch königliche Kopfschmerzen ... Der Gedanke ließ sie zusammenzucken. *Königlich* ... Auch wenn es niemand sehen konnte, errötete sie beschämt.

Tenel Ka kam wieder auf die Beine und versuchte eine Einschätzung ihrer Situation. Mit wiedererlangter Nüchternheit stellte sie fest, dass sie sich verirrt hatte. Jacen und Jaina – inzwischen vielleicht auch Lowbacca – zählten darauf, dass sie Hilfe organisierte und zu ihnen zurückkehrte. Wie stolz sie immer auf ihre Stärke, Treue und Zuverlässigkeit gewesen war! Auf ihre über jeden Zweifel erhabene Selbstkontrolle! Während der ersten Augenblicke ihrer Flucht hatte sie sich noch absolut im Griff gehabt, doch dann war sie unverständlicherweise in völlige Panik verfallen. Sie schüttelte die unangenehme Erinnerung ab. *Jetzt,* dachte sie und presste ihre Lippen zu einem dünnen Strich zusammen, *habe ich mich wieder unter Kontrolle.*

Sie entschied, den Marsch fortzusetzen, bis sie einen geeigneten Platz gefunden hatte, wo sie einigermaßen sicher war vor den Gefahren des nächtlichen Dschungels. Sobald der Morgen graute, würde sie alles unternehmen, um die Orientierung zurückzufinden und die Jedi-Akademie zu erreichen.

Nach einer Weile stieg der Boden an, wurde felsiger, die Bäume wuchsen spärlicher. Als sich schließlich ein schroff gezackter Schatten vor ihr aus der Dunkelheit schälte, verlangsamte sie ihren Gang. Bei der Erhebung handelte es sich um ein mächtiges Gebilde aus schwarzem, vor langer Zeit erkaltetem und nun mit Flechten bewachsenem Lavagestein.

Obwohl Tenel Ka ihren Kopf in den Nacken legte und angestrengt nach oben spähte, konnte sie nicht erkennen, in welcher Höhe des Dschungels sich der Felsen verlor. Vorsichtig erkundete sie seine Basis und entdeckte einen größeren Spalt in seiner Oberfläche, ein Loch gähnender Finsternis – eine Höhle. Vielleicht konnte sie den Anbruch des neuen Tages an diesem geschützten Ort erwarten ...

Die Öffnung war nicht breiter als eine Armlänge, in der Höhe reichte sie nur bis zu den Schultern. Tenel Ka war gezwungen, sich zu bücken, um ins Innere zu gelangen. Alles, was sie hier zu finden hoffte, war ein leidlich bequemer, sicherer Platz zum Ausruhen.

Als sie sich auf den kalten, sandigen Höhlenboden niederließ und zusammenkauerte, überkam sie ein Frösteln. Jeder Muskel schmerzte, aber dagegen konnte sie augenblicklich nichts unternehmen. Sie musste es wie eine Kriegerin akzeptieren.

Seit Mittag hatte sie nichts mehr in den Magen bekommen. Sie griff in ihren an der Hüfte befestigten Beutel und fand einen übrig gebliebenen Karbo-Protein-Keks. Gegen die schaurige Kälte konnte sie ein Feuer anzünden. Ein Feuerzeug befand sich in einer anderen Tasche ihres Gürtels.

Auf Händen und Knien verließ sie noch einmal die Höhle und suchte nach Zweigen, Blättern und anderem geeigneten Brennmaterial. Früher, auf Dathomir, hatte sie sich einiges Geschick angeeignet, was das Campieren in rauer Natur anging.

Bei dem Gedanken an die behagliche Wärme eines Feuers und den Komfort eines weichen Lagers aus Blättern durchströmte Tenel Ka neue Zuversicht. Ihr Mut kehrte zurück. Der Alptraum des Spätnachmittags begann in die Ferne zu rücken. Es war nicht mehr und nicht weniger als ein Abenteuer, redete sie sich ein. Eine Herausforderung für ihre Willensstärke und Entschlossenheit.

Als sie genügend Holz zusammengetragen hatte, machte sich Tenel Ka daran, die Teile sachkundig übereinander zu schichten, um dem Gespenst der Kälte und den Nachtschatten so effektiv wie möglich zu Leibe zu rücken. Erst als sie vergeblich in den Gürteltaschen nach dem Feuerzeug suchte, fiel ihr stöhnend ein, dass Jaina es sich nachmittags ausgeborgt hatte. Sie hauchte in die Hände und massierte und rieb ihre kalten, nackten Arme.

Sehnsüchtig dachte Tenel Ka an die Abende zurück, an denen sie im Hause ihrer Eltern vor einem knisternden Kaminfeuer gesessen und die Wohltat eines heißen, würzigen Hapan-Bieres genossen hatte. Beim Gedanken an ihre Mutter Teneniel Djo und ihren Vater Prinz Isolder schmiegte sich eines ihrer seltenen Lächeln um Tenel Kas Mund. Wäre sie zu Hause geblieben, hätte sie nur die Hand zu heben brauchen – irgendeiner der vielen Bediensteten des Königlichen Hauses von Hapes wäre umgehend zur Stelle gewesen, um ihre Wünsche zu erfüllen ...

Tenel Ka schnitt eine Grimasse. Armut war ihr so fremd wie echte Mühsal. Jede Strapaze, die sie in der Vergangenheit bewältigt hatte, hatte sie *aus freien Stücken* auf sich genommen. *Und letztlich hast du dich auch* hierfür *entschieden, Prinzessin,* lenkte sie ihren Zorn auf sich selbst.

Wolltest du nicht unbedingt lernen, Probleme aus eigener Kraft zu meistern ...?

Ihr Vater, Isolder von Hapes, hatte immer erklärt, dass die zwei Jahre, die er als Freibeuter verkleidet gelebt hatte, ihm mehr Nutzen für sein späteres Herrscheramt gebracht hätten als die ganzen Fächer, in denen er von den Lehrern des Hofes unterrichtet worden war.

Auch ihre Mutter, die auf dem unterentwickelten Planeten Dathomir aufgewachsen war, hatte nie ein Hehl daraus gemacht, wie stolz sie war, dass ihre einzige Tochter Jahr für Jahr einige Monate damit zubrachte, die Techniken des *Singing Mountain Clans* zu erlernen und sich wie eine Kriegerin kleidete. Ganz anders dagegen ihre intrigante Großmutter vom Planeten Hapes, für die die alljährlichen Übungen ihrer Enkelin ein ständiges Ärgernis bedeuteten – ein Grund mehr für Tenel Ka, sie konsequent fortzusetzen.

Sogar noch mehr angetan war Teneniel Djo davon gewesen, dass ihre Tochter sich dafür entschieden hatte, die Akademie zu besuchen und eine Jedi zu werden. Um nicht zu provozieren, dass die anderen Schüler ihr aufgrund ihrer königlichen Abstammung ablehnend oder übertrieben entgegenkommend begegneten, hatte die junge Kriegerin sich schlicht als Tenel Ka von Dathomir eingeschrieben.

An der Akademie kannte nur Master Skywalker – ein alter Freund ihrer Mutter und von ihr bewundert – Tenel Kas wahre Herkunft. Nicht einmal Jacen und Jaina hatte sie davon erzählt, obwohl sie sich mit ihnen auf Yavin 4 am engsten verbunden fühlte.

Ja, Jacen und Jaina, die Zwillinge, vertrauten ihr. Und jetzt brauchten sie ihre Hilfe dringender als je zuvor!

Tenel Ka fröstelte. Diese Nacht musste sie unbeschadet

überstehen, und am Morgen würde sich ein Weg zur Akademie finden, wo sie Verstärkung holen konnte.

Plötzlich hörte Tenel Ka hinter sich in der Dunkelheit ein leises Rascheln, Scharren und Zischen. Sie starrte in die wogenden Schatten und blinzelte, um ihren Blick zu klären. Hatte sich die Schwärze wirklich bewegt? War es töricht gewesen, die Nacht in einer unerforschten Höhle zu verbringen? Vielleicht, aber die Kälte und die Erschöpfung hatten über die normale Vernunft gesiegt.

Tenel Ka schaute zur Decke und meinte, dunkelglänzende Schemen auszumachen, die dort hingen und sich wie die Wellen eines kopfstehenden Meers bewegten.

Du benimmst dich wie ein kleines Kind, schalt sie sich selbst. Im Beisein ihrer Freunde versuchte sie stets, sich selbstsicher und jeder Situation gewachsen zu zeigen. Aber hier, ganz allein, fror sie nur, war übersät mit blauen Flecken und fühlte sich alles in allem hundeelend. Was würde Jacen sagen, wenn er sie so sehen könnte? Wahrscheinlich würde er einen seiner blöden Witze reißen.

Tenel Ka knirschte mit den Zähnen. In Anbetracht ihrer Fähigkeiten musste es doch möglich sein, auch ohne Einsatz von Technik ein Feuer zu entfachen. Auf Dathomir hatte sie einmal dabei zugesehen, wie man das machte.

Ihre Hände waren fast taub, bis sie durch das Drehen eines runden Holzstücks gegen ein flaches endlich genügend Reibungshitze erzeugt hatte und ein erster glühender Funke aufsprang, gefolgt von einem dünnen Rauchfaden. Schnell legte Tenel Ka ein trockenes Blatt auf die glimmende Stelle und blies vorsichtig, bis eine kleine goldene Flamme am Blatt entlangzüngelte. Immer aufgeregter fügte sie nacheinander weitere Blätter und schließlich dünne Zweige hinzu.

Nachdem ein heftiger Windstoß fast die schwache Flamme zum Verlöschen gebracht hätte, umgab sie ihr Feuer mit einem kleinen Schutzwall aus Erde, legte noch mehr Holz auf, und bald war das knisternde Feuer groß genug, sie zu wärmen und eine behagliche Lichtinsel zu schaffen.

Bald darauf bemerkte Tenel Ka, dass die schon vorher wahrgenommen Bewegungen und das Scharren heftiger geworden waren – sehr viel heftiger.

Und mit einem Mal fiel ein kreischendes Reptil, die ledrigen Schwingen ausgestreckt, wie ein Senkblei von der Decke!

Die Kiefer zweier Schlangenköpfe schnappten nach ihr, ein Schwanz wie von einem Skorpion peitschte durch die Luft, und rasierklingenscharfe Klauen schlugen nach ihr.

Als das Wesen auf sie zuschoss, riss Tenel Ka instinktiv einen Arm hoch, um das Gesicht zu schützen. Krallen verhakten sich in ihrem Fleisch, als die Höhlenwand hinter ihr kein weiteres Zurückweichen mehr zuließ. Die Fänge rissen eine klaffende Wunde in ihr nacktes Bein. Sie trat so fest sie konnte zu und traf die zweiköpfige Kreatur mit ihrem robusten Schuh. Im Zitterlicht des Feuers gerann Tenel Kas Blut, als sie sah, wie eine ganze Schar dieser grauenhaften Geschöpfe – jedes mit einer größeren Flügelspannweite als sie selbst aufrecht stehend maß – aus den dunklen Höhlennischen fiel und auf sie zuschwärmte.

Sie kämpfte auf dem sandigen Boden um einen festen Stand, stemmte ihre Füße schließlich gegen die Felswand, stieß sich ab und arbeitete sich auf allen vieren Richtung Höhlenausgang.

Mit den Schuhen trat sie ins Feuer und schleuderte

brennende Zweige gegen die heranflatternden Bestien. Asche und Glut, die ihre eigenen Beine versengten, bemerkte sie kaum. Eines der Reptilienwesen schrie vor Schmerz gellend auf.

Tenel Ka spürte grimmige Genugtuung und stürzte hinaus in die pechschwarze Dschungelnacht.

Die Monster folgten.

14

Mit schussbereiter Waffe führte der TIE-Pilot seine Gefangenen zurück zur Lichtung, wo sich der kleine, primitive Unterstand befand, in dem er seit einiger Zeit lebte." Deshalb also bist du vorhin angerannt gekommen", flüsterte Jaina ihrem Bruder zu. "Du hattest sein Versteck hier gefunden."

Jacen nickte.

"Ruhe!", befahl der Imperiale mit schroffer Stimme.

Schwer schluckend, die Kehle war ihr eng und trocken geworden, verschaffte Jaina sich in den länger werdenden Schatten des Abends einen Überblick über die kleine gerodete Fläche, zu der sie verschleppt worden waren. Neben ihnen plätscherte ein seichter Bachlauf, und es schien ihr unvorstellbar, wie der TIE-Pilot hier all die Jahre ohne den geringsten menschlichen Kontakt hatte überleben können.

Das warme, freundliche Klima auf Yavin 4 hatte nur geringe Anforderungen an die Behausung des TIE-Piloten gestellt. Er hatte sich den dicken Stamm eines halb verbrannten Massassi-Baumes ausgehöhlt und eine Ansammlung gespaltener Äste schräg über dem Zugang befestigt. Dies zusammengenommen ergab einen zwar kargen, aber dennoch akzeptablen Raum – eine bescheidene Wohnhöhle.

Jaina versuchte sich vorzustellen, wie lange der Imperiale dazu gebraucht haben mochte, mit einem scharfen Gegenstand – vielleicht einem Trümmerstück des abgestürzten TIE-Jägers – diesen Raum aus dem Stamm herauszuschälen.

Der TIE-Pilot hatte aus hohlem, miteinander verbundenem Schilfröhricht ein Rohrleitungssystem gebaut, mit dem er das Wasser aus dem nahen Bachlauf bis in ein Auffangbecken innerhalb des Unterschlupfs leiten konnte. Darüber hinaus hatte er sich grobe Gerätschaften aus Holz, Waldkürbissen oder versteinerten Pilzen geschaffen. Der Mann hatte sich hinter seinem Eremitendasein verschanzt, war jeder Herausforderung aus dem Weg gegangen, mit der alleinigen Absicht, zu überleben und auf weitere Befehle zu warten. Offenbar hatte er immer darauf gehofft, dass eines Tages jemand kommen würde, um ihn zurückzuholen – aber das war niemals geschehen.

Wenige Meter vor seiner Behausung blieb der Imperiale stehen. "Auf den Boden", schnarrte er, "beide! Hände hinter die Köpfe!"

Als sie bäuchlings auf dem Boden der Lichtung lagen, tauschte Jaina mit ihrem Bruder einige verstohlene Blicke. Vergeblich versuchte sie in seinen Augen das Aufblitzen einer Idee zu entdecken. Doch auch ihm schien kein Weg aus der Misere einzufallen.

Der TIE-Pilot schritt auf ein dichtes Laubwerk zu und wühlte dort mit seiner gesunden Hand zwischen den Zweigen. Er umklammerte einige dünne, purpurfarbene Schlinggewächse, die von den verwirrend hellen Nebula-Orchideen über seinem Kopf herabhingen. Mit einem Ruck löste er die Stränge.

Die Kletterranken krümmten sich unter seinem Griff, als wären sie lebendige Schlangen und versuchten, sich herauszuwinden. Der TIE-Pilot schlang sie schnell um Jainas Handgelenke, dann band er auch Jacens Arme zusammen. Je länger der dunkelviolette Saft aus den abgerissenen Enden troff, desto mehr erlahmte das Hin- und Herschlagen der Pflanze, und die Knoten der biegsamen, gummiartigen Stränge zogen sich so fest zusammen, dass sie unmöglich von den Gefesselten wieder zu öffnen waren.

Jacen und Jaina sahen einander an, und ihre klaren, braunen Augen trafen sich in einem Meer von gleichen Gedanken, das unausgesprochen zwischen ihnen schimmerte. Aber sie schwiegen aus Furcht, ihren Kidnapper zu verärgern.

Der Marsch durch den stickig heißen Dschungel hatte sie erschöpft, und Jaina war immer noch schmutzig von ihrem Versuch, den Hyperantrieb in den TIE-Jäger einzubauen. Doch allmählich trocknete die Kühle des Abends ihren Schweiß und brachte sie zum Frösteln. In ihren eng geschnürten Händen kribbelte und pochte es, weil die Pflanzenstränge in ihr Fleisch schnitten und dazu beitrugen, dass sie sich noch elender fühlte.

In der vergangenen Stunde seit ihrer Gefangennahme hatten die Zwillinge kein Zeichen mehr von Lowie oder Tenel Ka erhalten, und Jaina sorgte sich, dass den beiden etwas passiert sein könnte. Vielleicht waren ihre Freunde auf der Flucht in etwas noch Schlimmeres hineingerasselt oder hatten sich hoffnungslos in der Wildnis verirrt ... Es dauerte ein wenig, bis sie begriff, dass ihre eigene Situation vermutlich viel dramatischer zu bewerten war.

Wortlos zerrte sie der TIE-Pilot auf die Füße und drängte sie zu ein paar schweren Lavasteinblöcken nahe der außerhalb der Hütte eingerichteten Feuerstelle. Die Sitzflächen der Klötze sahen aus wie poliert, ihre scharfen Kanten waren von dem Gestrandeten offenbar über Jahre geduldig glatt geschliffen worden.

Die letzten, von Yavin reflektierten kupfernen Lichtstrahlen verloren an Kraft, erloschen ganz, und diese Seite des schnelldrehenden Dschungeltrabanten versank in dunkler Nacht. Die von den dicht stehenden Baumkronen gewobenen Schatten tauchten den Waldboden in absolutere Finsternis, als die tiefste Nacht auf Jacens und Jainas Heimatplaneten Coruscant es bieten konnte.

Der Imperiale holte ein paar trockene, wenn auch moosbedeckte Holzscheite von einem Haufen, den er trotz seiner Behinderung sorgfältig neben seiner Behausung aufgestapelt hatte. Mit der gesunden Hand, die den Blaster weggesteckt hatte, positionierte er geschickt ein Holzstück nach dem anderen in der Feuerstelle, bis sie dem idealen Aufbau eines Lagerfeuers entsprach.

Der Pilot holte ein kleines abgegriffenes Feuerzeug aus einem Behälter seines Unterschlupfs und setzte das Gehölz in Brand. Die Batterie war fast leer, und die chromglänzende Düse erzeugte nur noch geringen Funkenflug. Der Imperiale schien solche Schwierigkeiten jedoch gewohnt zu sein. Schweigend plagte er sich ab, kein einziger Fluch rann über seine Lippen, keine Beschwerde. Er konzentrierte sich einfach auf sein Vorhaben, ein Feuer in Gang zu setzen, und als ihm dies schließlich gelang, zeigte er weder Freude noch Zufriedenheit.

Das Feuer loderte, und der TIE-Pilot kehrte geduckt in seine Behausung zurück, wo er in einem aus Schlingpflanzen geknüpften Korb wühlte. Kurz darauf kehrte er mit einer großen kugelförmigen Frucht zurück. Die Frucht war von einer hässlichen, braunen Schale umschlossen, die aussah, als wäre sie mit Warzen übersät. Jaina hatte sie nie zuvor gesehen. Es handelte sich um nichts, was sich auf dem Speiseplan der Jedi-Akademie gefunden hätte.

Die Frucht mit der verkrüppelten, ledergeschützten Hand festhaltend, bediente sich der Pilot eines spitzen Steins, um ihre Schale zu öffnen. Als dies geschafft war, schälte er ihren Inhalt mit den Fingern heraus. Das Fleisch war von blassem Gelbgrün, durchsetzt von scharlachroten Tupfern. Der Soldat brach die Frucht in mehrere Teile, schob sie seinen beiden Gefangenen entgegen. "Iss!", bellte er und drückte Jaina eines der Stücke gegen den Mund.

Jaina presste in einer spontanen Reaktion die Lippen zusammen, weil sie fürchtete, dass der Imperiale versuchen könnte, sie zu vergiften. Doch dann wurde ihr bewusst, dass der TIE-Pilot sie beide jederzeit hätte umbringen können – und dass sie verflucht hungrig und durstig war.

Mit gefesselten Händen beugte sie sich nach vorn, öffnete den Mund und biss in die helle Frucht. Das herb-saftige, an eine Zitrusfrucht erinnernde Fruchtfleisch erwies sich als überraschend belebend und schmackhaft. Jaina kaute und genoss den Bissen lange, ehe sie ihn hinunterschluckte.

Auch Jacen ließ sich Zeit mit seiner Ration. Als sie beide fertig waren, nickten sie dem TIE-Piloten dankbar zu, und obwohl dessen Blick so starr und unnahbar blieb wie zuvor, meinte Jacen eine positive Veränderung zu spüren.

"Was habt Ihr mit uns vor, Sir?", fragte er und verrenkte sich fast die Schulter bei dem Versuch, Mund und Kinn, die mit dem Saft der Frucht verschmiert waren, an seinem Ärmel abzuwischen.

Der TIE-Pilot sah ihn einige Sekunden mit unbewegter Miene an. Dann drehte er das Gesicht weg. "Ist noch nicht entschieden."

Jainas Brust zog sich zusammen. An allem war nur ein dummer Zufall schuld. Aus dem dichten Gebüsch heraus hatte der TIE-Pilot sie offenbar tagelang beobachtet, wie sie sich an seinem havarierten Schiff zu schaffen gemacht hatten. Vielleicht wäre weiter alles gut gegangen, hätte Jacen nicht – mehr aus Versehen – seinen primitiven Unterschlupf entdeckt und ihn damit zum Einschreiten gezwungen.

Wie würde der Imperiale mit ihnen verfahren? Allzu viele Möglichkeiten blieben ihm, objektiv betrachtet, nicht.

"Dürfen wir Euren Namen erfahren?", fragte Jaina.

Der TIE-Pilot hob ruckartig den Kopf, dann sah er auf das schwarze Leder hinab, das seinen verkrüppelten Arm umhüllte. Langsam, wie ein Droide mit verbrauchten Servomotoren, wandte er sich Jaina zu. "CE3K-1977". Er ratterte einen Zahlencode herunter, der seinen Dienstgrad und seinen Einsatzbereich enthielt.

"Ich rede nicht von Eurem ID-Code", blieb Jaina beharrlich, "sondern von Eurem Namen. Ich heiße Jaina. Das ist mein Bruder Jacen ..."

"CE3K-1977", schnarrte der TIE-Pilot erneut ohne erkennbare Gefühlsbewegung.

"Ihr müsst doch einen *Namen* haben", blieb Jaina stur.

Es war, als würde ihre Frage erst jetzt in sein Bewusstsein dringen und dort Verwirrung stiften. Er blickte erst zu Boden, dann auf seine Uniform. Sein Mund öffnete und schloss sich mehrere Male, ohne dass ein Laut herauskam, bis er schließlich mit unsicher krächzender Stimme sagte: "Qorl ... Qorl. Mein Name war ... *Qorl*."

"Wir leben in der Akademie, die in den alten Tempeln eingerichtet wurde." Jacen formte jenes Lächeln, mit dem er seiner Mutter immer dann den Wind aus den Segeln nahm, wenn sie sich über sein Benehmen geärgert hatte. Der TIE-Pilot schien dafür jedoch nicht empfänglich zu sein.

"Der Rebellenstützpunkt", sagte Qorl.

"Nein, es ist seit langem eine Schule", beteuerte Jaina. "Zu Lehrzwecken eingerichtet. Den Stützpunkt gibt es schon seit mehr als ... zwanzig Jahren nicht mehr!"

"Du lügst. Dort ist der Stützpunkt der Rebellen!" Qorl sprach mit aller Bestimmtheit, woraufhin Jaina es für besser hielt, diesen Streitpunkt zunächst nicht weiter zu verfolgen.

"Wie seid Ihr hierher gekommen?", fragte sie, rutschte zu Boden und lehnte sich mit dem Rücken gegen den glatten Steinklotz. Zwischen ihr und dem Imperialen knisterte das Lagerfeuer. "Wie lange lebt Ihr schon im Dschungel?" Die Fessel schnürte ihre Durchblutung mehr und mehr ab, ließ ihre Hände taub werden. Sie krümmte die Finger, während sie sich zum Feuer hin beugte. Das Dschungelholz verlieh dem Rauch ein kräftiges süß-herbes Aroma.

Die wässrigen Augen des TIE-Pilot starrten blinzelnd in die lodernden Flammen. Er erweckte den Anschein, als würde er sich in der Zeit zurücktragen lassen, um den Ablauf der damaligen Ereignisse noch einmal zu durchleben.

"Der Todesstern", sagte Qorl. "Ich war auf dem Todesstern stationiert. Wir kamen in dieses System, um die Rebellenbasis zu zerstören, nachdem der große Moff Tarkin Alderaan ausgelöscht hatte. Hier lag unser nächstes Ziel."

Jaina fühlte einen Stich, als sie sich in Erinnerung rief, mit welcher Bitterkeit ihre Mutter von dem lieblichen, grasbedeckten Planeten Alderaan erzählt hatte, den friedlichen Gesängen des Windes und den hohen Türmen, die sich über den Ebenen jener Welt erhoben hatten. Prinzessin Leias Heimat war das Herz galaktischer Kultur und Zivilisation gewesen – bis sie mit unglaublicher Grausamkeit vom Imperium in einer gigantischen Explosion vernichtet worden war.

"Wir müssen die Rebellen um jeden Preis vernichten", fuhr Qorl keuchend fort. "Sie schaden dem Imperium!"

Er zitierte Phrasen, die ihm eingebleut worden waren, Ideen, die ihm eine perfide Gehirnwäsche eingeimpft hatte. "Die neue Ordnung des Imperators wird das Heil über die Galaxis bringen. Aber die Rebellen boykottieren diesen Traum, wollen verhindern, dass er wahr wird. Deshalb müssen sie unschädlich gemacht werden. Sie sind ein Krebsgeschwür, eine Gefahr für den Frieden und die Stabilität!"

"Wenn du auf dem Todesstern warst", nahm Jacen den Faden auf, "liegt das mehr als zwanzig Jahre zurück. Was passierte damals?"

Qorls Blick schien tiefer in die Flammen zu dringen, und seine heisere Stimme war kaum mehr als ein Flüstern. "Jemand muss die Rebellen gewarnt haben, sie waren auf unser Kommen vorbereitet. Sie kämpften. Sie warfen uns alles entgegen, was sie zur Verteidigung hatten. Sämtliche TIE-Geschwader wurden gestartet. Alle

Kameraden meiner Staffel starben in den Salven der X-Flügler. Mein eigenes Schiff wurde schwer beschädigt ... Ich wurde vom Todesstern fortgewirbelt, hatte kaum noch Kontrolle über die Steuersysteme. Ich versuchte alles, um zur Basis zurückzukehren. Nur dort konnte mein Jäger wieder einsatzbereit gemacht werden. Ein Solarmodul hatte sich fast aus der Verankerung gerissen ... Aber die Kommandokanäle waren von Störungen überlagert oder überlastet von den Hilferufen zahlloser anderer getroffener Jäger. Der Notorbit, in den ich mich gerettet hatte, verlor mehr und mehr an Stabilität, bis ich schließlich dem vierten Mond Yavins entgegentrudelte. Trotzdem versuchte ich bis zuletzt, über eine der Frequenzen Kontakt mit der Kommandoführung aufzunehmen. Doch als ich endlich durchkam, erhielt ich nur Weisung, notzulanden und geduldig auf das Eintreffen der Rettungsmannschaft zu warten ..."

"Es kam zu keiner Landung", sagte Jaina verhalten. "Es wurde ein Absturz."

"Der Wald dämpfte den Aufprall. Ich wurde aus der Maschine in irgendwelche Büsche geschleudert ... Das bereits beschädigte Solarmodul verfing sich weit oben in den Bäumen und blieb dort hängen. Als ich hinkend zum Wrack meines Jägers zurückkehrte, ließ ich größte Vorsicht walten, denn ich fürchtete, der Reaktor könnte explodieren. Einer meiner Arme", er hob den in schwarzes Leder gewickelten linken, "war schwer verletzt, die Bänder gerissen, die Knochen mehrfach gebrochen. Plötzlich wurde der Himmel in eine so unvorstellbare Lichtfülle getaucht, dass sie nur von der Explosion des Todessterns rühren konnte. Eine zweite Sonne beleuchtete für kurze Zeit das System und seine Umläufer. Glühende Trümmer regneten herab. Sie müssen Dutzende von Waldbränden ausgelöst haben. Wochenlang beobachtete ich Meteoritenschauer, die das nächtliche Firmament dieses Mondes wie Feuerwerke erhellten. Seitdem bin ich hier ..."

Der Feuerschein badete Qorls Züge in zuckendem, gelbem Licht. Die Dschungelgeräusche hatten sich in ein monotones Summen verwandelt. Der TIE-Pilot schien die beiden Gefangenen, die ihm gebannt zuhörten, völlig vergessen zu haben. Seine Lippen bewegten sich kaum merklich, als er weitererzählte. "Ich habe hier gewartet und gewartet, wie es mir befohlen wurde. Aber niemand kam, um mich von hier fortzuholen, mich zu retten ..."

"Aber die ganzen Jahre", murmelte Jaina, "ich begreife es nicht! Alles liegt so lange zurück. Der Stützpunkt wurde schon unmittelbar nach der Vernichtung des Todessterns aufgelöst. Seit gut elf Jahren wird an der Jedi-Akademie unterrichtet ... Warum habt Ihr Euch nicht einfach ergeben? Seid Ihr Euch wirklich nicht darüber im Klaren, was sich in der Galaxis alles seit Eurem Absturz verändert hat?"

"Kapitulation wäre Verrat!", keuchte Qorl, und Zorn flackerte über sein verwittertes Gesicht.

"Aber wir sagen die Wahrheit", versicherte Jacen. "Der Krieg ist vorbei! Es *gibt* kein Imperium mehr." Er holte tief Luft und stieß hervor: "Darth Vader ist tot. Der Imperator, dem Ihr Treue geschworen habt, lebt nicht mehr! Es gibt eine Neue Republik. Nur ein paar unverbesserliche ehemalige Gefolgsleute des Imperators träumen in den Kernsystemen im Zentrumsgebiet der Galaxis von ..."

"Ich glaube dir nicht", unterbrach ihn Qorl mit flacher Stimme.

"Wenn Ihr uns zur Jedi-Akademie begleitet, können wir

es Euch beweisen. Wir können Euch alles anhand von Dokumentationen belegen", sagte Jaina. "Würdet Ihr nicht gerne endlich nach Hause gehen? Würdet Ihr diesem Ort nicht gerne entfliehen? Euer Arm könnte behandelt, wahrscheinlich geheilt werden!"

Qorl hielt den Handschuh hoch und starrte ihn an. "Ich hatte meine Medi-Ausrüstung", sagte er. "Ich habe ihn so gut es ging versorgt. Jetzt ist es gut, obwohl es viele Schmerzen kostete, bis es soweit war ..."

"Aber uns stehen Jedi-Heiler zur Verfügung", sagte Jaina. "Außerdem Medidroiden. Ihr könntet ein neues Leben beginnen. Warum wollt Ihr hierbleiben? Ihr braucht keinen Geheimnisverrat und keinen Bruch eines Schwurs zu fürchten, denn *es gibt kein Imperium mehr.*"

"Sei still", krächzte Qorl. "Das Imperium wird immer existieren. Der Imperator ist unbesiegbar."

"Der Imperator ist tot", sagte Jacen.

"Selbst wenn, das Imperium wird niemals untergehen", beharrte Qorl.

"Aber wenn Ihr nicht mit uns kommen wollt, damit wir Euch helfen können, worauf spekuliert Ihr *dann*?", fragte Jaina.

Jacen nickte zustimmend. "Was hofft Ihr zu erreichen?"

"Was können wir für Euch tun, Qorl?"

Der TIE-Pilot hob seinen Blick vom Lagerfeuer und blickte sie an. Sein Gesicht schien von neuer, unseliger Kraft belebt zu werden. "Ihr werdet mein Schiff reparieren", sagte er. "Und dann werde ich diesen Gefängnismond verlassen. Ich werde als glorreicher Kriegsheld ins Imperium heimkehren ... Kapitulation wäre Verrat – und dessen werde ich mich niemals schuldig machen!"

"Und was, wenn wir Euch *nicht* helfen?" Jacen nahm

seinen ganzen Mut zusammen.

Jaina hätte ihn dafür ohrfeigen können. Wieso musste er den TIE-Piloten auch noch provozieren?

Qorl musterte den Jungen. Seine Miene war wieder kalt und ausdruckslos geworden.

"Dann habt ihr keinen Nutzen für mich ..."

15

MTD benötigte einige Zeit, um seine Sensoren zu rekalibrieren, nachdem er von Lowbaccas Gürtel abgefallen war. Er war nach unten gestürzt, gegen etwas geprallt, weiter geschliddert und hatte die Baumkronen bis zu einer Stelle durchquert, wo ihn ein dichtes Geflecht blättertragender Schlingpflanzen, die zwischen tiefer hängenden Zweigen wuchsen, aufgefangen hatte. Erst hier fand sein unsanfter Fall ein Ende.

"Master Lowbacca, kommen Sie zurück ...!", rief er, die Vocoderstimme auf höchste Lautstärke geschaltet. "Verlassen Sie mich nicht! Ach, du gute Güte. Ich *wusste*, dass es kein gutes Ende nehmen würde."

Er regulierte die optischen Sensoren so, dass er sich im Restlicht dieser Region einigermaßen zurechtfinden konnte. Das Dickicht um ihn herum sah nicht so aus, als sei es geeignet, jemanden von der Größe eines jungen Wookiees hindurchzulassen.

"Hilfe! So helfen Sie mir doch!", schrie MTD zunehmend verzweifelter. Er entschied, dass es am effektivsten sein würde, seine Rufe auf ein Intervall von fünfundvierzig Sekunden zu beschränken, seinen Berechnungen nach die Mindestzeitspanne, die jemand benötigte, um vom Dach des Dschungels aus in seine Hörweite zu gelangen.

Bewegungsunfähig und damit außerstande, seinen Aufenthaltsort verlässlich auszukundschaften, schätzte MTD, dass er sich noch rund zwanzig Meter über dem Erdboden befand. Er hoffte, dass ihm kein Wind oder eine sonstige Erschütterung erneut den Halt raubte und er noch tiefer stürzen würde. Unten am Boden drohte ihm, auf einen der erstarrten Lavaströme zu schlagen, was die Gefahr barg, dass sein Gehäuse aufplatzte und er irreparable Schäden davontrug. Falls seine Chips über den Dschungelboden verstreuten, würde niemand je imstande sein, ihn korrekt wieder zusammenzusetzen. Seine Schaltkreise gerieten ganz durcheinander bei dem Gedanken.

Als die fünfundvierzig Sekunden vergangen waren, startete er seinen nächsten Hilferuf – und wartete wieder ab. So ging es eine Stunde und sieben Minuten lang. In dieser Zeit hoffte er verzweifelt, durch sein regelmäßiges Rufen die Aufmerksamkeit von jemandem zu erwecken, der ihn erretten würde.

Aber als er dann tatsächlich die Aufmerksamkeit von jemandem erweckte, wünschte MTD, dass er seine Spracheinrichtung ausgeschaltet gelassen hätte.

Eine ganze Horde schnatternder Woolamander jagte urplötzlich durch die untere Baumregion, zerwühlte die Blätter und knickte überall Zweige. Die Tiere waren ebenso laut wie flink und in der Lage, sich ohne das Gleichgewicht zu verlieren selbst über dünnste Äste zu hangeln. Sie schienen in ihre Kunststückchen vertieft und stritten darum, wer das lauteste Geheule oder Gekeckere in den Dschungel hinausposaunen konnte, während um sie herum die Dämmerung der Nacht zu weichen begann.

Trotz ihres eigenen Radaus gelang es ihnen irgendwie, auch die Hilferufe des Übersetzerdroiden aufzuschnappen.

MTD entnahm seinen bescheidenen Dateien über Yavin 4, dass es sich bei Woolamandern um äußerst neugierige und zu seinem Leidwesen auch über die Maßen gesellige Geschöpfe handelte. Kaum hatten sie ihn vernommen, setzte eine systematische Suche nach ihm ein, und in unglaublich kurzer Zeit hatten sie das matt schimmernde Gehäuse des Droiden mit ihren scharfen, schlitzartigen Augen in den Dschungelschatten aufgespürt. Die farbenprächtigen, mit einem dichten Haarkleid ausgestatteten Tiere schwärmten auf MTD zu.

"Oh, nein!", stöhnte er blechern. "Nicht ihr ... Bitte – als ich um Rettung ersuchte, meinte ich bestimmt nicht *euch*!"

Die Woolamander näherten sich ungerührt, schüttelten an den Zweigen und raschelten in den Blättern. Ihre in hellem Purpur glänzenden Felle sträubten sich in einer Mischung aus Argwohn und Entzücken.

"Weg! Weg da! Schscht!", zischte MTD.

Die Woolamander feierten laut kreischend ihre Entdeckung. Ein großes Männchen klaubte den Droiden aus seiner Unterlage aus Schlinggewächsen.

"Leg mich sofort wieder hin!" Die Stimme des Droiden überschlug sich. "Ich *bestehe* darauf, dass du mich unverzüglich wieder loslässt!"

Das Männchen warf MTD seinem Weibchen zu, das das Kästchen auffing, es ratlos hin und her drehte und in den leuchtenden Punkten herumzustochern versuchte. Schließlich schabte es mit seinen Fingern über die goldene Scheibe seines optischen Sensors.

"Das ist mein Auge – nimm sofort deine Pfoten da weg ... Nein, nicht so herum! Du sollst mich nicht auf den Kopf stellen, du sollst mich wieder *hinlegen*!"

Das Weibchen schüttelte ihn kräftig durch, als wollte es ergründen, ob er, von Geschrei abgesehen, noch zu anderen Tönen fähig war.

Als sie sich einem dickeren Ast näherte und Anstalten machte, ihn, wie um eine Frucht zu öffnen, dagegen zu schlagen, löste MTD seinen Akustikalarm aus, jammerte und brüllte mit einer Lautstärke und in solch schmerzhafter Tonlage, dass das Weibchen ihn fallenließ. Er landete auf einem anderen Blattwerk und heulte: "Hilfeee!"

Einer der jungen männlichen Woolamander stürzte auf ihn zu und schnappte ihn sich, um unter lautem Geschnatter und entzückten Schreien mit seiner Beute über die tief hängenden Äste zu jagen und sie, während MTD weiterhin nach Hilfe jaulte, hoch über den Kopf zu halten.

Andere junge Woolamander hetzten ihm hinterher und imitierten den plärrenden Gegenstand.

MTD war in solche Panik verfallen, dass er fürchtete, die Situation nicht länger zu verkraften, ohne seine Schaltkreise zu überlasten. Um nicht mit ansehen zu müssen, was weiter mit ihm passierte, versetzte er sich kurzerhand in den Sleep-Modus.

Irgendwann spät in der Nacht reaktivierte er sich – nur um festzustellen, dass er nun gar nichts mehr sehen konnte, weil sein Sensor offenbar von dichtem Fell bedeckt war.

Was er registrierte, war sanftes Schaukeln ... und schnarchender Atem. Als sich der junge Woolamander kurz im Schlaf schüttelte und MTD etwas verrutschte, nutzte der Droide die Gelegenheit, um mehr über seine Umgebung herauszufinden. Offenbar hatte sich das Junge zum Schlafen in eine Astgabel gekauert und hielt dabei sein neues Spielzeug mit größter Zufriedenheit gegen die fellbedeckte Brust gepresst.

In der Nähe seufzten und dösten die anderen Mitglieder der Horde friedlich in den Bäumen. MTD verspürte den Drang, erneut um Hilfe zu rufen. Immerhin hegte er nach wie vor die Hoffnung, gerettet zu werden.

Doch die Woolamander sanken nacheinander in tiefen und festen Schlaf und stellten ihr im Wachen übliches Lärmen mehr und mehr ein. MTD kam zu dem Schluss, dass es besser war, die momentane Ruhe zu genießen, anstatt sie erneut zu gefährden. Er hoffte nur, dass der kommende Tag mehr Glück für ihn bereithielt.

16

Der Morgen dämmerte schnell und kündigte die Hitze des kommenden Tages an, kaum dass sich die ferne weiße Sonne aus Yavins Schatten hervorgestohlen hatte. Etliche Dschungelbewohner erwachten und machten sich sogleich bemerkbar. Die flirrende Luft war angereichert mit Dunst, der aus den Senken emporstieg, in denen er sich während der Nacht gesammelt hatte.

Jacen und Jaina hatten kaum ein Auge zugetan. Ihre schmerzenden Handgelenke waren immer noch mit den reißfesten purpurnen Schlingpflanzen umwickelt. Jacen wünschte sich inbrünstig, in der Vergangenheit mehr Zeit auf die intensive Ausbildung der Macht verwendet zu haben. Um die Knoten zu lösen, mangelte ihm nicht so sehr an mentaler Kraft, als vielmehr an der nötigen Präzision.

Sobald es hell geworden war, trat Qorl aus seiner Baumhöhle und rüttelte die Zwillinge, die sich schlafend stellten, wach. Er reichte jedem von ihnen eine Schale mit kühlem Wasser, das er zuvor aus dem Bach geschöpft hatte. Nun zückte er einen langen Steindolch und schnitt die Fesseln seiner Gefangenen durch.

Jacen schüttelte die Arme und machte Übungen, um die Taubheit aus den Fingern zu vertreiben. Mit der zurückkehrenden Durchblutung begannen die Nervenbahnen schmerzhaft zu kribbeln.

Der Imperiale richtete den Blaster auf die Zwillinge und signalisierte ihnen, sich in Bewegung zu setzen. "Auf zum TIE-Jäger", sagte er rau. "Die Arbeit ruft!"

Jacen und Jaina setzten sich schleppend in Marsch. Sie stolperten über Luftwurzeln und einbrechendes Unterholz. Der TIE-Pilot klebte ihnen dicht an den Fersen, und nach einer Weile erreichten sie die Stelle, wo das abgestürzte Schiff ohne jede Tarnung im Frühlicht glänzte. Voller Unbehagen betrachtete Jacen die verbrannten Äste und Blätter, die Qorls Blasterfeuer getroffen hatte, als er Tenel Ka und Lowie am Verschwinden hindern wollte.

"Ich weiß, dass ihr die Reparaturen fast beendet habt", sagte der Pilot. "Ich habe euch seit Tagen beobachtet – und heute werdet ihr euren Job zu Ende bringen!"

Die Blicke aus Jainas cognacfarbenen Augen verfinsterten sich. "So schnell können wir es unmöglich schaffen – immerhin sind wir nur noch zu zweit. Das Schiff ist vor zwanzig Jahren abgestürzt. Wir haben die Trümmer noch nicht von den Sublichtablagerungen gereinigt. Die Energiekonverter müssen neu verkabelt werden ..."

Jacen brauchte seine Schwester nur anzusehen, um zu wissen, dass sie log.

"... und die Cybersicherungen sind auch noch nicht eingebaut", fuhr sie fort. "Außerdem streikt das Luftumwälzungsaggregat, es muss noch ..."

Qorl hob den Blaster und wiederholte, ohne den Ton seiner Stimme zu verändern: "Heute. Ihr werdet *heute* damit fertig werden."

"Ich fürchte, er meint es ernst, Jaina", seufzte Jacen. "Am besten zeigst du mir, was ich tun soll."

Auch Jaina seufzte. "Also gut. Mir würde schon reichen, wenn du den Werkzeugkasten wieder einräumst, den du gestern umgeworfen hast. Und sieh nach, ob du den Hydroschraubenschlüssel finden kannst. Ich werde ihn brauchen, um den Antriebscheck abzuschließen!"

Qorl setzte sich auf einen großen flechtenbewachsenen Stein und benutzte seine gesunde Hand, um sich die Käfer und Insekten, die an seinen Beinen hochkrabbelten, vom Leibe zu halten. Der Soldat des untergegangenen Imperiums beobachtete den Fortgang der Arbeiten stoisch wie ein Droidenposten. Jacen bemühte sich, seine Anwesenheit zu verdrängen – und den auf sie gerichteten Blaster.

Stechmücken und beißwütige Insekten umschwärmten das Gesicht des Jungen, angezogen von seinen schweißverklebten Haaren. Er spielte den Handlanger für seine Schwester, reichte ihr die Werkzeuge und Ausrüstungsteile, nach denen sie verlangte, während sie im Maschinenraum des TIE-Jägers herumkroch und dort rumorend schuftete.

Er konnte Jainas steigende Wut und Frustration förmlich spüren. Vergeblich suchte sie nach einem rettenden Gedankenblitz. Jacen wusste, dass es ihr ein Leichtes gewesen wäre, die Reparatur zu sabotieren – doch das hätte Qorl sofort gemerkt, und dann wäre es mit der Schonung vorbei gewesen. Dieses Risiko war zu groß.

Im nachhinein konnte Jacen über den Einfall seiner Schwester, die von ihrem Vater mitgebrachte Hyperantriebseinheit einzubauen, nur noch fluchen. Hätten sie in den vergangenen Tagen nicht so furchtbar schnelle Fortschritte bei den Instandsetzungsarbeiten gemacht, sähe ihre Lage nun vielleicht anders aus. Doch für solche Einsichten war es nun zu spät.

Jacen wischte sich mit einer Hand den Schweiß von der Stirn. Sein knurrender Magen veranlasste ihn, sich zu ihrem Bewacher umzudrehen, der ganz in der Nähe auf den Felsen hockte und nach wie vor die Mündung seiner Waffe auf den TIE-Jäger gerichtet hielt.

"Qorl", sagte er und verwendete mit voller Absicht den richtigen Namen des Imperialen, "könnten wir etwas Wasser und noch etwas Obst bekommen? Wir arbeiten bestimmt effektiver, wenn uns nicht der Hunger plagt ..."

Qorl nickte verhalten und machte Anstalten, aufzustehen. Doch dann erstarrte er wieder, zögerte und fand in seine statuenhafte Haltung zurück. "Ihr bekommt soviel zu essen und zu trinken, wie ihr wollt – sobald ihr die Reparatur abgeschlossen habt!"

"Aber", rief Jacen bestürzt, "das kann noch den ganzen Tag dauern ..."

"Wenn das so ist, wird es euch danach um so besser schmecken", gab sich Qorl unerbittlich. Der TIE-Pilot machte nicht nur einen ungeduldigen, sondern auch auffallend ängstlichen Eindruck. "Genug ausgeruht – weitermachen!"

Jacen begriff, dass Qorl wohl in Sorge darüber war, Tenel Ka oder Lowie könnten es zur Jedi-Akademie geschafft haben und mit Verstärkung zurückkommen. Obwohl sie sich weit vom Großen Tempel in unbekannte Regionen des Dschungels entfernt hatten, war diese Möglichkeit nicht gänzlich auszuschließen.

Jaina wurde mit der Einstellung eines Kühlsystemregulators fertig. Sie betätigte einen Knopf, worauf ein heller Stoß kalten Dampfes einem Ventil entwich und Eisblumen auf eine Metallverkleidung in der Nähe malte. Jaina trat zurück, fuhr sich über das Gesicht und hinterließ mit ihrer schmutzigen Hand dunkle Flecken unter den hellwachen braunen Augen.

"Qorl", sagte sie. "Wen werdet Ihr als Erstes aufsuchen, wenn Ihr heimkehrt?"

"Ich werde mich zum Dienst zurückmelden", sagte er lakonisch.

"Drängt es Euch nicht nach Hause? Habt Ihr keine Familie?"

"Das Imperium ist meine Familie." Seine Antwort kam mit einstudierter Schnelligkeit.

"Aber Ihr *habt* eine Familie, die Euch *liebt?"*, ließ Jaina nicht locker.

Für einen kurzen Moment schien Qorl ins Wanken zu kommen, doch dann gestikulierte er nur drohend mit der Waffe. "Macht weiter! Zurück an die Arbeit."

Jaina seufzte und gab ihrem Bruder ein Zeichen, mit ihr die Arbeit wieder aufzunehmen. "Jacen, lade den Oberflächenversiegler mit den letzten Patronen", sagte sie. "Wir müssen die Schäden an der Außenhülle beheben." Sie deutete auf drei bullaugengroße Brandflecke auf dem Rumpf des TIE-Jägers, die Qorl tags zuvor verursacht hatte, als er mit dem Blaster um sich geschossen hatte.

Mit einem Hammer entfernte Jaina die Unebenheiten. Jacen suchte in der Zwischenzeit im Werkzeugkasten nach den Kartuschen mit flexiblem Oberflächenversiegler und wurde fündig. Der Spezialkleber war technisch so aufbereitet, dass er sich über die beschädigte Fläche breiten und selbst glätten würde. Die damit erreichbare Neuversiegelung würde der Widerstandsfähigkeit der ursprünglichen Rumpflegierung in nichts nachstehen, im Gegenteil. Jacen brachte die Patrone an und drückte den Auslöser. Sofort erklang ein Fauchen, und die lädierte Stelle überzog sich mit Flüssigmetall.

Jaina versorgte auf gleiche Weise den zweiten Schaden.

Der dritte in Mitleidenschaft gezogene Bereich lag über dem Zugang zum Frachtraum, ganz in der Nähe des offen stehenden Kabinendachs aus Transparistahl. Jacen nahm die letzte Kartusche und kletterte damit auf den Jäger. Nachdem er den Kleber in Position gebracht und den Aktivator gedrückt hatte, sah er zu, wie die Versiegelungsmasse austrat.

Noch während er in die Beobachtung der sich amöbenhaft ausdehnenden Substanz vertieft war, nahm Jacen eine Bewegung in seiner unmittelbaren Nähe wahr. Er blickte hinunter in den Frachtraum und entdeckte dort etwas Schemenhaftes, beinahe Unsichtbares ...

Jacens Herz vollführte einen Sprung. Er beugte sich tief nach unten, tastete ins Innere des TIE-Jägers – und packte zu.

Jähe Hoffnung erfüllte ihn.

"Komm da wieder heraus, Junge!", rief Qorl. "Zurück, damit ich dich sehen kann!"

Außer Atem und mit klopfendem Herzen gehorchte Jacen. Er zog sich aus dem Cockpit zurück und landete mit einem Sprung auf dem Boden neben der Maschine. Bewusst drehte er seine Hände so, dass Qorl sehen konnte, wie leer sie waren.

Jaina beugte sich flüsternd vor. In ihrem Blick lag Besorgnis. "Was ist in dich gefahren? Was hast du da drin gefunden?"

Jacen grinste flüchtig. Bevor Qorl Verdacht schöpfen konnte, wurde er jedoch wieder ernst und gab ebenso leise zurück: "Etwas, was unsere Rettung bedeuten könnte ..."

"Was tuschelt ihr da?" Qorl wurde zusehends nervöser. "Beeilt euch endlich!"

"Wir machen, so schnell wir können", sagte Jaina.

"Da bin ich nicht sicher", erwiderte der Pilot. "Vielleicht fehlt dir ja nur die nötige Motivation. Wie würde es dir gefallen, wenn ich deinen Bruder erschieße, falls du dir nicht ein bisschen mehr Mühe gibst? Ich brauche ihn nicht unbedingt. Du bist diejenige, die sich auskennt ..."

Jacen und Jaina starrten den TIE-Piloten geschockt an. "So etwas würdet Ihr doch nicht wirklich tun, Qorl ...", sagte Jaina.

"Das Imperium hat mich zum Soldaten ausgebildet", bekam sie zur Antwort. "Es macht mir nichts aus, zu töten."

Jacen schluckte – was der TIE-Pilot sagte, war die schlichte Wahrheit. "Darauf könnte ich wetten", sagte er.

Jaina seufzte und ihre Haltung drückte Abscheu aus, als sie sich erhob und den Schraubenschlüssel, den sie in der Hand hielt, auf den Boden schleuderte. Mit einem scheppernden Geräusch landete er auf einem Haufen anderer Werkzeuge, die dort bereits herumlagen. Sie wischte sich die Hände an den Hosenbeinen ihres Overalls ab und sagte resignierend: "Was soll's. Wir sind ohnehin fertig. Wir haben getan, was wir konnten. Der Jäger ist startbereit ..."

17

Innerhalb der von Fackelschein durchdrungenen Jedi-Akademie brüllte ein verwirrter Lowbacca seine von niemandem verstandenen Warnungen hinaus. Um die Dringlichkeit zu unterstreichen, gestikulierte er immer wieder mit seinen zottig behaarten, langen Armen. Aber im Grunde war er ratlos, wie er es schaffen sollte, sich verständlich zu machen. Alles, was er wusste, war, dass er ihnen die Bedrohung durch den TIE-Piloten klarmachen und sie veranlassen musste, Hilfe für Jacen, Jaina und Tenel Ka zu entsenden.

Tionne und die um sie herum versammelten Jedi-Schüler wurden immer aufgeregter. Keiner von ihnen beherrschte die Wookiee-Sprache. "Lowbacca, wir können dich nicht verstehen", sagte sie. "Wo ist dein Translator?"

Lowie fuhr mit der Hand über seine Hüfte und gab einen bekümmerten Laut von sich. Noch vor kurzer Zeit wäre es unvorstellbar für ihn gewesen, dass es ihn einmal so aus der Fassung bringen würde, den geschwätzigen Droiden nicht bei sich zu haben.

"Wo sind Jacen, Jaina und Tenel Ka?", fragte Tionne. "Es geht ihnen doch hoffentlich gut?"

Lowbacca brüllte erneut und wies, während er verzweifelt zur nächsten Erklärung ansetzte, hinaus in den Dschungel.

"Gab es einen Unfall? Sind sie verletzt?", fragte Tionne.

Ihre eindrucksvollen Augen schienen größer als je zuvor, und das Silberhaar floss auf ihre Schultern, als wäre es zu einem merkwürdigen Eigenleben erwacht. Ihre Hände berührten zart Lowies Arm.

Als sie den Studenten im Vorlesungssaal Jedi-Balladen vorgesungen hatte, war ihre Stimme von einer überirdischen Weichheit gewesen. Jetzt wurde jedes ihrer Worte von einem kristallharten Ton getragen, der unbeugsamen Kraft eines wahren Jedi-Ritters.

Lowbacca suchte immer noch nach Wegen, ihnen die Geschehnisse zu schildern, aber seine Resignation nahm jede Minute zu. Seine Zunge war außerstande, Worte zu formulieren, die sie verstanden hätten. Natürlich konnte er immer wieder in den Dschungel deuten – aber wie sollte er eine Geste für einen abgestürzten TIE-Jäger finden? Oder einen im Dschungel hausenden Imperialen, der die Zwillinge als Geiseln hielt?

Die jungen Jedi-Schüler hatten ihr Treiben dort draußen völlig geheim gehalten, um die Reparaturen an dem Wrack ungestört durchführen zu können. Jaina hatte alle mit der instand gesetzten Maschine überraschen, sie den Mitschülern und Lehrern fertig präsentieren wollen. Diese Geheimniskrämerei wurde ihnen nun zum Verhängnis. Wer sollte auch nur ahnen, wovon er Mitteilung machen wollte? Niemand wusste auch nur das Geringste über das entdeckte Wrack!

Was aus Tenel Ka geworden war, wusste er nicht. War sie umgebracht worden oder geflohen wie er? Irrte sie in diesem Moment durch die Wildnis und wurde gejagt? Er stöhnte vor Sorge.

Wieder und wieder versuchte Lowie gestikulierend die Ereignisse zu schildern, unterstützt von rasselnden Wookiee-Lauten und Gebrüll. Die anderen wurden immer angespannter, niemand von ihnen schien ihn zu verstehen. Voller aufgestauter Frustration hieb Lowie schließlich mit den Fäusten gegen die Tempelwand. Diese furchteinflößende Explosion seiner Gefühle ließ Tionne und seine Mitschüler in die kühlen Schatten des Großen Tempels zurückweichen.

"Wohin gehst du, Lowbacca?", rief Tionne ihm nach, als er sich in Bewegung setzte. Aber er blieb die Antwort schuldig.

Trotz seiner Erschöpfung waren die anderen außerstande, ihn einzuholen. Seine langen, muskulösen Beine hinkten kaum noch, während sie ihn durch die gewundenen Korridore des uralten Bauwerks trugen. Keuchend erreichte er den Raum, in dem zur Zeit der Rebellen die Kommandozentrale untergebracht gewesen war. Luke Skywalker hatte ihn in seinem ursprünglichen Zustand erhalten, um jederzeit Kontakt mit der Neuen Republik aufnehmen zu können.

Lowie ging davon aus, dass sich sein Onkel Chewbacca noch immer im Yavin-System aufhielt, in der Nähe des orangefarbenen Gasgiganten, in dessen Orbit Lando Calrissian seine Anlage zur Bergung wertvoller Corusca-Edelsteine installiert hatte. Wenn es Lowie gelang, die Verbindung zum *Millennium Falken* herzustellen, konnte er seinen Onkel von den Ereignissen in Kenntnis setzen und seine Freunde auf diese Weise doch noch retten. Chewbacca und Han Solo, Jacens und Jainas Vater, würden schon wissen, was zu tun war ...

Mit einem Seufzer der Erleichterung sank Lowie in den Sitz vor der Kontrollkonsole. Zwischen all den Computern und elektronischen Geräten fühlte er sich augenblicklich vertrauter als in jedem anderen Bereich der Akademie. Hier wusste er ganz genau, welche Hebel er in Bewegung setzen musste, um sich mitzuteilen.

Lowbacca arbeitete schnell und entschlossen. Seine so ungefügig wirkenden Finger huschten über die Sensorflächen. Als Tionne und seine Mitschüler in die ehemalige Stützpunktzentrale stürmten, hatte Lowie es bereits geschafft, einen offenen Kanal zum *Falken* einzurichten.

Tionne begriff sofort, und nickend gab sie ihm zu verstehen, dass er weitermachen sollte. "Eine gute Idee, Lowbacca!" Sie stellte sich neben den jungen Wookiee, und in diesem Moment ging eine schläfrig klingende Antwort Han Solos ein. "Ja, Solo hier! Wer spricht? Luke? Ist das die Jedi-Akademie ...?"

Lowbacca blökte ins Mikrofon und hoffte, der Mensch würde ihn verstehen.

Bevor er es erfahren konnte, beugte sich Tionne hinunter und sprach in die offene Hyperphase. "Hier ist etwas passiert, General Solo. Eure Zwillinge und Tenel Ka sind verschwunden, und Lowbacca versucht uns die ganze Zeit zu erklären, *was* genau geschehen ist. Wir sind leider nicht imstande, ihn zu verstehen. Sein Übersetzerdroide ging verloren ..."

Mit einem erschrockenen Brüllton drängte sich Chewbacca in die Verbindung, und dann erzählte Lowbacca noch einmal in aller gebotenen Kürze und der Sprache seiner Heimat, was sich ereignet hatte. Als Chewbacca lautstark seine Empörung zum Ausdruck brachte, mischte sich wieder Han Solo ein.

"Nur die Ruhe, alter Junge. Ich habe das meiste verstanden, wenn auch nicht alle Einzelheiten. Die Rede war von einem abgestürzten TIE-Jäger und dessen Piloten, der die

Kinder als Geiseln genommen hat, sehe ich das richtig?" Beide Wookiees nickten.

"Okay, unternehmt bis zu unserem Eintreffen nichts! Wir sind unterwegs!", rief Han. "Wir brauchen nur Sekunden, um von Landos Station abzulegen. Wir waren sowieso drauf und dran, hier unseren Abschied zu nehmen. Der *Falke* wird in zwei Stunden bei euch sein – bei euch dürfte es dann früher Vormittag sein. Lasst euch zu keiner Eigenmächtigkeit hinreißen, aber bereitet euch darauf vor, uns bei der Rettung der Kinder zu unterstützen!"

Lowie und Chewbacca brüllten ihre Zustimmung. Tionne musterte den jungen Wookiee erstaunt. "Ein TIE-Jäger? Und ein überlebender Imperialer? Das klingt ernst." Dann wandte sie sich an alle. "Schnell, wir haben noch einige Vorbereitungen zu treffen, bevor der *Falke* hier ist. Vielleicht kommt es zu einem Kampf."

Der Sublichtantrieb zog einen glühenden Schweif hinter sich her, als der *Millennium Falke* in die dichte Atmosphäre des Dschungelmonds eintauchte und Kurs auf die uralte Tempelanlage nahm. Lowie stand bereits auf der Landepiste und konnte es kaum erwarten, seinen Onkel zu sehen. Als sich das Schiff endlich näherte, winkte er ihm mit seinen zotteligen Armen zu.

Das helle Licht des Vormittags brachte mit jeder verstreichenden Minute mehr von der Hitze des vorherigen Tages zurück. Die zwei Stunden, die der *Millennium Falke* benötigt hatte, um die Umlaufbahn um den Gasgiganten Yavin zu verlassen und hierher zu gelangen, kamen Lowie wie die längsten Stunden seines Leben vor.

Während der *Falke* mit ersterbenden Repulsortriebwerken aufsetzte, wich Lowie etwas tiefer in die Schatten zurück, die der Tempel auf das Landefeld warf.

Die Landestützen fuhren vollständig aus, stabilisierten die Lage des Falken, und wenig später senkte sich die Einstiegsrampe, träge und langsam wie das Maul eines großen Fisches.

Chewbacca kam die Rampe herab, duckte sein mähniges Haupt, um nicht gegen das niedrige Schott zu prallen, und eilte zum Tempel, wo Lowie ihm auf halbem Weg immer noch leicht hinkend entgegenkam. Han Solo sicherte zunächst das Schiff, ehe er zu ihnen stieß, den Blaster bereits aus dem Gürtelfutteral gezogen.

"Wo sind die anderen? Wir müssen unverzüglich aufbrechen!", rief er.

Tionne trat in Begleitung einiger Jedi-Schüler aus dem Tempel. Han blickte unzufrieden auf die Gruppe. "Wo ist Luke? Immer noch nicht zurück?"

"Nein, Master Skywalker ist nicht hier", sagt Tionne. "Wir sind auf uns *selbst* angewiesen."

"Okay, dann müssen wir eben ohne ihn auskommen", sagte Han. "Lando hat uns mit ein paar zusätzlichen Waffen ausgerüstet, und die Batterien unserer Laserkanonen sind bis zum Anschlag aufgeladen. Lowie, kannst du uns dorthin führen, wo ihr das Wrack gefunden habt?"

Lowbaccas zottiges Haupt nickte.

"Wir können nicht ausschließen, dass sich nicht noch mehr Imperiale in der Gegend herumtreiben", sagte Han, "deshalb wird es eure vordringlichste Aufgabe sein, die Akademie vor Übergriffen zu schützen, Tionne. Den ewig gestrigen Verfechtern des Imperiums ist nicht daran gelegen, dass die Neue Republik sich mit immer neuen Jahrgängen von Jedi-Rittern etabliert."

"Wir werden diesen Ort verteidigen, General Solo", beteuerte Tionne. "Kümmert Ihr Euch um die Kinder."

Han nickte. "Lowie, wir brechen sofort auf – jede Minute ist kostbar!"

18

Das Getöse, mit dem die beiden Ionentriebwerke des TIE-Jägers die Grabesruhe der letzten beiden Jahrzehnte abschüttelten, erschütterte auch den umliegenden Dschungel. Vögel flohen panisch auf höher liegende Äste, und im Umkreis des Schiffes wurden Staub und Blätter aufgewirbelt.

Hinter den Scheiben des Cockpits schaltete Qorl die Leistung sehr langsam und behutsam höher, als könnte er die Reaktionen seiner Maschine mit den Fingerspitzen, die die Steuerfelder bedienten, erspüren. Aus den noch leicht verstopften Lüftungsschächten im hinteren Bereich des Einmannjägers fauchten schmutzig braune Abgase.

Das Schiff erwachte nach langem Ruhestand wieder zu seinem ersten Einsatz.

Mit dem verbeulten schwarzen Helm in der Hand, an dem die von der Notsauerstoffversorgung abgetrennten Schläuche der Atemmaske herabbaumelten, stieg der TIE-Pilot noch einmal aus der Kanzel. Obwohl der alte Glanz verblichen und die Sichtverglasung in den Jahren des Exils gelitten hatte, trug er den zerschrammten Helm wie ein Trophäe zur Schau.

Qorl war bereit, sich zum Dienst zurückzumelden.

"Alle Antriebssysteme funktionieren", sagte er. "Dank eures Hyperantriebs wird es mir gelingen, die Galaxis zu durchqueren und zu dem vorzustoßen, was vom Imperium geblieben ist! Eigentlich schulde ich euch Dank, denn mein ursprünglicher Kurzstreckenjäger wäre dazu nicht in der Lage gewesen."

"Gute Arbeit, Jaina", konnte sich Jacen einen Kommentar nicht verkneifen. Er handelte sich einen Ellenbogenstoß in die Rippen ein, der ihn augenblicklich verstummen ließ.

"Und was ist mit uns, Qorl?", fragte Jaina den Piloten. "Warum überhaupt von hier weggehen? Wenn Ihr uns zur Jedi-Akademie begleiten würdet, käme alles in Ordnung – die Ideale und der Krieg, auf den Ihr Euch beruft, sind längst Vergangenheit."

"Kapitulation wäre Verrat!", rief Qorl mit einer Heftigkeit, die Jacen einen Schauer über den Rücken jagte. So aufgeregt hatte er den Imperialen während der ganzen Zeit ihrer Gefangenschaft noch nicht erlebt. Die Hand des Piloten zitterte, als er den Blaster auf die Zwillinge richtete. "Wie es aussieht, habe ich für euch keine weitere Verwendung mehr." In seiner Stimme schwang eine dunkle Drohung.

Jacens Magen zog sich zusammen. Jainas Hoffnung, den TIE-Jäger für den eigenen Gebrauch wieder flottzumachen, hatte sich als Schuss erwiesen, der nach hinten losgegangen war. Die beabsichtigten Spritztouren Seite an Seite mit Lowbaccas Skyhopper konnte sie endgültig abhaken.

Der TIE-Jäger war nur imstande, eine einzige Person zu befördern: den Piloten. Das schloss bereits aus, dass Qorl sie als seine Gefangenen mitnehmen würde – es wäre gar nicht möglich gewesen, selbst wenn er es gewollt hätte. Würde der Pilot seine Spuren und die Zeugen seines Exils deshalb mit imperialer Gründlichkeit beseitigen? Würde er sie erschießen und dann zur Suche nach den

Resten des untergegangenen Imperiums aufbrechen? Jacen bemühte sich verzweifelt, besänftigende Gedankenimpulse in Qorls Bewusstsein zu projizieren – so wie er es viele Male bei seinen Kristallschlangen getan hatte. Aber es erwies sich als sinnlos: Die Macht perlte an dem ab, was eine lange zurückliegende Gehirnwäsche aus Qorls Bewusstsein geformt hatte – ein unveränderliches Programm.

Doch dann senkte der TIE-Pilot seinen Blick, und seine Gereiztheit schien nachzulassen. Jacen hütete sich, diese Veränderung auf die Einwirkung seiner Jedi-Kräfte zurückzuführen. Er nahm an, dass der Soldat von irgendetwas abgelenkt worden war.

"Was wird also mit uns geschehen?", fragte er.

Qorls Blick fand zurück zu den Zwillingen. Plötzlich wirkte er wieder verstört, uralt und das, was er in Gedanken bereits vorwegnahm, schien ihn noch mehr auszuzehren. "Ihr habt mir sehr geholfen und wart die erste ... Gesellschaft, die ich seit vielen Jahren hatte. Deshalb werde ich euer Leben schonen und euch hier zurücklassen."

"Das nennt Ihr Schonung?" Jaina schluckte, worauf sich Jacen veranlasst sah, *ihr* in die Rippen zu stoßen. Der Dschungel war immer noch dem vorzuziehen, was Qorl sonst mit ihnen getan hätte.

"Ihr habt eine gute Chance zu überleben, wenn ihr euch so durchschlagt, wie ich es tat", sagte der Pilot. "Niemand weiß besser als ich, was euch erwartet. Vielleicht werdet ihr eines Tages gefunden. Hoffnung wird eure wichtigste Waffe im Kampf ums Überleben sein. Bestimmt werdet ihr keine zwanzig Jahre brauchen, um wieder nach Hause zu gelangen ..."

Er überlegte einen Moment, während er den Helm in

seinen Händen drehte. Hinter ihm surrte der wiederbelebte TIE-Jäger weiter im Leerlauf, begierig darauf, endlich wieder abzuheben.

"Seid froh, dass ihr euch hier in Sicherheit befindet", fügte Qorl endlich hinzu. "Denn bevor ich heimkehre ins Imperium, werde ich als letzte Tat auf diesem verfluchten Dschungelmond den Rebellenstützpunkt zerstören!"

"Nein!" Jacens und Jainas Schreie kamen wie aus einem Mund.

"Es ist nur noch eine *Schule,* kein militärischer Stützpunkt mehr!", wiederholte Jacen, was sie ihm schon mehr als einmal klarzumachen versucht hatten.

"*Bitte,* tut das nicht!", beschwor ihn Jaina. "Greift die Akademie nicht an!"

Aber Qorl schien seinen Entschluss gefasst zu haben. Vorsichtig stülpte er den verbeulten Helm über seinen Kopf und schob das Visier nach unten.

"Nein, wartet!", flehte Jaina. "Der Tempel verfügt über keinerlei Bewaffnung ...!" Sie streckte die Fühler ihres Geistes nach dem Piloten aus, doch unbeeindruckt zog er sich von ihnen zurück.

Den Blaster in der Faust, bestieg er das Cockpit, richtete sich in dem alten, zerrissenen Sitz vor den Steuerkontrollen ein und gurtete sich an. Die Zwillinge stürmten nach vorn und hämmerten mit ihren Fäusten gegen den Rumpf des TIE-Jägers.

Das Antriebsgeräusch schwoll an, und die anfahrenden Schubvorrichtungen ließen Blätter, kleine Steine und verrottetes Waldgehölz nach allen Seiten davonwirbeln.

Der Jäger erhob sich zentimeterweise und mit dumpfem Brummen aus dem Grün, in das er einst gestürzt war.

Jaina unternahm den sinnlosen Versuch, sich an der

stählernen Zelle des Schiffs festzuhalten, als könnte sie dem Verhängnis damit Einhalt gebieten. Doch ihre Finger rutschten erwartungsgemäß an dem fast fugenlos glatten Metall ab.

Jacen zog sie zurück, als die Triebwerke lauter wurden. Der Ionenstrom, der die Kühlsysteme des Jägers durchfloss, erzeugte ein helles, durch Mark und Bein gehendes Singen.

Der TIE-Jäger, der als Wrack für mehr als zwanzig Jahre unentdeckt auf der Oberfläche von Yavin 4 gelegen hatte, gewann zusehends an Höhe. Seine beiden Triebwerke verfielen in die typische Tonlage, die vor langer Zeit jedem Rebellenherz wenn nicht Angst, so doch Respekt eingeflößt hatte.

Mit erstaunlichem Geschick manövrierte Qorl den Jäger durch das Dach des Waldes, steigerte urplötzlich die Geschwindigkeit und nahm Kurs auf die Jedi-Akademie.

Allein und schutzlos den Gefahren des Dschungels ausgeliefert, blieben die Zwillinge unter den Zweigen eines Massassi-Baumes zurück.

19

Im Dunkel der Dschungelnacht arbeitete sich Tenel Ka durch eine Wand aus Schlingpflanzen und dornenbewehrtem Dickicht. Sie hoffte inständig, dass die geflügelten Reptilien ihr nicht hierher folgen würden.

Die Lungen der Amazone schienen nie soviel Luft zu erhalten, wie sie verlangten. Sie verkrampften, aber Tenel Kas Lippen blieben versiegelt. Sie unterdrückte jeden Laut.

Immer noch war ganz in der Nähe das Schlagen der mächtigen, ledrigen Schwingen zu hören, und Tenel Ka dachte schaudernd an die messerscharfen Krallen dieser fliegenden Bestien. Die rauen Schreie aus den Kehlen der abscheulichen Zwillingsköpfe ließen das Blut in ihren Adern gerinnen. Sie erinnerte sich, davon gehört zu haben, dass eines dieser Ungeheuer Master Skywalker vor vielen Jahren beinahe umgebracht hätte. Wie schafften es die Monster, selbst im dichtesten Dschungel zu fliegen? Warum waren sie nicht abzuschütteln?

In den Büschen neben ihr fauchte und schlug etwas, und dann verfehlte ein stacheliger Schwanz knapp ihren Arm!

Eine dieser Kreaturen war also direkt über ihr.

Was konnte sie tun?

Sie hatte sich gerade durch die schmale Lücke zwischen zwei Bäumen gezwängt, als es hinter ihr fürchterlich krachte. Offenbar hatte das geflügelte Monstrum es nicht geschafft und war in dem Spalt stecken geblieben. *Perfekt,* dachte sie. Die übrigen würden einen Umweg wählen. Dadurch gewann sie etwas Zeit.

Tenel Ka überquerte eine Lichtung, die von etwas beschattet war, von dem sie hoffte, dass es sich um einen Baumstamm oder ähnliches handelte. Aber sie hatte die Geschwindigkeit unterschätzt, mit der die Flugreptilien imstande waren, Hindernisse zu umfliegen. Tenel Ka spürte den Verderben bringenden Windstoß der peitschenden Schwingen, als einer der Verfolger blitzschnell auf sie zustieß.

Die nach ihr ausgestreckten Krallen mehr ahnend denn sehend, versuchte sie einen Ausfallschritt, rutschte auf den modrigen Resten einer Pflanze aus und prallte hart gegen einen von Pilzen überwucherten Baumstamm. Die Amazone nahm Klauen wahr, die sich dort durch die Luft bohrten, wo sie sich Augenblicke zuvor noch befunden hatte. Zweige barsten. Tenel Ka erschauderte unter dem enttäuschten und wütenden Aufschrei der Zwillingsschädel.

Warum erinnerte sie sich an keine der Jedi-Beruhigungstechniken? Warum hatte sie nicht intensiver geübt?

Sie schloss ihre Augen und verließ sich ganz auf ihre *Witterung*. Als das fliegende Ungeheuer erneut auf sie herabstieß, rollte sie sich zur Seite.

Die Geräusche Dutzender Schwingen über ihr hielten sie in Bewegung. Sie wälzte sich herum und kroch auf Händen und Knien durch einige niedrige Dornenbüsche hindurch, richtete sich wieder auf und setzte ihre Flucht fort.

Folge deinem Instinkt, suggerierte sie sich selbst. *Gebrauche die Macht!*

Wie in einem Reflex änderte sie unvermittelt die eingeschlagene Richtung. Sie wusste selbst nicht, was sie dazu bewog, sie *tat* es einfach. Auch jetzt sah sie nicht, wohin sie in der finsteren Nacht rannte. Trotzdem war sie überzeugt, nun auf dem einzig richtigen Weg zu sein. Immer und immer wieder entging sie den nach ihr greifenden Krallen und den Hieben stacheliger Schwänze, bis sie einen Ort erreichte, wo die Massassi-Bäume dicht an dicht standen. Der Lärm, mit dem sie sich näherte, löste zänkisches Zetern und Schreien hinter den Blättern aus.

Woolamander – dem Tumult nach eine ganze Horde. Tenel Ka hatte sie offenbar im Schlaf gestört, und möglicherweise stellten sie die lang erhoffte Ablenkung ihrer Verfolger dar ...

Tenel Ka tauchte geduckt in den dichtbewachsenen Bereich. Verblüfft registrierte sie, dass ihr keines der geflügelten Reptilien folgte. Dann hörte sie Schreie, die darauf hinwiesen, dass sie von ihrer ursprünglichen Beute abgelassen hatten und statt dessen nun Woolamander jagten. Die Flugbestien schrien ihren Blutdurst hinaus, und dem grimmigen, fast herausfordernden Geschrei der Woolamander nach zu schließen, ergaben diese sich keineswegs wehrlos in die Opferrolle. Weit oben in den Ästen entbrannte eine regelrechte Schlacht.

In Tenel Kas verschwitztem, rötlich goldenem Haar hatten sich Blätter und Zweige verfangen, und sie schüttelte ein paar Mal den Kopf, um sich davon zu befreien. Dann hörte sie plötzlich durch den ganzen Krach hindurch eine schwache, vertraute Stimme.

"Oh, *bitte*, seid vorsichtig. Mein Innenleben ist hochkompliziert und sollte unter gar keinen Umständen – upps!" Die Klage endete jäh, und dann plumpste etwas neben Tenel Ka zu Boden.

"MTD, bist du das?", fragte sie ungläubig und tastete über den Boden, bis sie ein ovales Metallgehäuse zu fassen bekam.

"Oh, Mistress Tenel Ka, *Sie* sind es!" Der kleine Droide klang überglücklich. "Ich werde Ihnen für meine Rettung ewig dankbar sein! Sie *ahnen* ja nicht, welche schwere Prüfung ich durchgemacht habe." Der Droide stöhnte eindrucksvoll. "All das Herumgestochere in mir, das Stoßen, Schütteln und Werfen ... Und dieses grässliche –"

"Meine Nacht war bestimmt nicht erfreulicher als deine", unterbrach ihn Tenel Ka trocken.

"Hören Sie nur!", wies MTD sie hin. "Dem Himmel sei Dank, diese schrecklichen Kreaturen suchen endlich das Weite."

Tenel Ka wusste nicht genau, ob MTD die Woolamander oder die riesigen Flugreptilien meinte. Auch sie hatte bereits bemerkt, dass sich die Kampfgeräusche über ihren Köpfen durch die Baumwipfel entfernten.

"Zögern wir nicht, uns auch davonzumachen, Mistress Tenel Ka!"

"Das wäre unklug. Wir warten besser bis zum Tagesanbruch ab. Kannst du Wache halten, während ich schlafe?"

"Es ist mir eine Ehre, Sie behüten zu dürfen, Mistress, aber müssen wir die Nacht wirklich *hier* verbringen?"

"Ja, das müssen wir", blaffte ihn Tenel Ka an. Sie empfand es als Zumutung, sich bei diesem quäkenden Etwas für etwas rechtfertigen zu müssen, was der puren Vernunft entsprang, erst recht, da die schlimmste Gefahr nun vorbei zu sein schien. "Erst bei Tageslicht macht es Sinn, auf einen Baum zu klettern, um vielleicht herauszufinden, wo wir uns befinden."

"Oh", entfuhr es MTD. "Ich verstehe leider immer noch

nicht ganz, warum Sie so etwas tun sollten ..."

Tenel Ka knurrte: "Weil wir uns beide in diesem Dschungel verirrt haben! Das ist eine Tatsache! Basta!"

"Aber, meine Liebe – wenn das *alles* ist, was Sie beunruhigt ... Warum haben Sie Ihr das nicht gleich gesagt? Immerhin beherrsche ich nicht nur sechs Sprachen perfekt, sondern bin überdies mit allen erdenklichen Sensoren ausgerüstet. Ich kann Hören, Sehen, Richtungen bestimmen, Riechen ..."

"Richtungen bestimmen?", unterbrach ihn Tenel Ka. "Willst du damit sagen, du *weißt*, wo wir uns befinden?"

"Aber natürlich weiß ich, wo wir uns befinden, Mistress Tenel Ka! Habe ich mich gerade nicht klar genug ausgedrückt?"

Stöhnend schüttelte sie den Kopf. "Wenn das so ist, MTD, gehen wir! Sei unser Lotse!"

Tenel Kas Stimmung steigerte sich zusehends, während MTD ihr den Weg über den Dschungelboden leuchtete. Aus zwei seiner Sensoren fuhren dünne Lichtbalken, und so lästig der kleine Droide im Allgemeinen auch sein konnte, war Tenel Ka nun heilfroh, dass er ihr Gesellschaft leistete. Mit rührender Anteilnahme ließ er sich von ihr in allen Einzelheiten berichten, was ihr alles widerfahren war, seit der Pilot des TIE-Jägers versucht hatte, sie am Nachmittag in seine Gewalt zu bringen. Sie revanchierte sich, indem sie geduldig den Ausführungen lauschte, mit denen MTD sie in epischer Breite davon in Kenntnis setzte, wie fürchterlich schlecht es ihm nach der Bruchlandung des Skyhoppers ergangen war. Besonders bei der Schilderung seines haarsträubenden Abenteuers bei den Woolamandern lief er zu wahrer Höchstform auf.

Nur was mit Lowbacca und den Zwillingen geschehen war, konnte ihr auch der Droide nicht beantworten.

Ein paar Mal hielt sie an, um etwas zu trinken oder die Verbände, die sie um ihre Wunden gelegt hatte, zu überprüfen. Unter Zuhilfenahme der Erste-Hilfe-Ausrüstung, die sich an ihrem Gürtel befand, war es ihr möglich gewesen, die beim Angriff der Flugwesen erlittenen Verletzungen an den Armen und die klaffende Wunde am Bein zu versorgen. Obwohl die betroffenen Stellen pochten und wie Feuer brannten, hatte dies keinen Einfluss auf ihr Marschtempo. Die meiste Zeit trabte sie, und selbst wenn es Zeit gewesen wäre, eine Pause einzulegen, wechselte sie lediglich in eine geringfügig langsamere Gangart.

Die ferne weiße Sonne des Yavin-Systems stand hell am Morgenhimmel, als Tenel Ka und MTD schließlich die letzte Baumgruppe hinter sich ließen, die sie noch von der Landepiste neben dem Großen Tempel getrennt hatte.

Das steinerne Monument, das die Akademie beherbergte, leuchtete wie zu ihrer Begrüßung.

"Wir haben es geschafft!", rief MTD freudig erregt, während Tenel Kas Blick an dem Schiff hängen geblieben war, das auf der Lichtung stand. Es war der *Millennium Falke*. Auf den umgebauten Leichtfrachter hasteten zwei Wookiees unterschiedlicher Größe zu. Nur wenige Meter hinter ihnen folgte, ebenso eilig, der Vater von Jacen und Jaina, Han Solo.

Tenel Ka erriet intuitiv, wohin sie unterwegs waren und korrigierte ihren Lauf in Richtung des *Falken*. Sie winkte und rief, um auf sich aufmerksam zu machen.

Über ihrem Kopf näherte sich gleichzeitig das hohe

Heulen eines mit Vollschub fliegenden TIE-Jägers. Ihre letzten Energien mobilisierend, setzte sie zum Endspurt an.

Doch Solo und die Wookiees schienen sie nicht zu bemerken. Vermutlich nur mit dem Gedanken beschäftigt, Jacen und Jaina zu retten, stieg das Trio die Rampe des *Falken* hinauf. Offenbar hatten sie den Antrieb im Leerlauf belassen, um ihn auf Betriebstemperatur zu halten und so jederzeit ohne Verzögerung starten zu können.

Aber Tenel Ka wollte auch zur Rettung der Zwillinge beitragen. Noch einmal durfte sie die beiden Freunde nicht im Stich lassen ...

"Ruf du nach ihnen, MTD", keuchte sie und gab noch einmal alles, um ihr Tempo zu erhöhen, obwohl ihre Beine vor Erschöpfung bereits zitterten.

MTD überlegte. "Soll ich das als Ihre Bitte verstehen, mich in die Kommunikation mit ihnen einzuschalten?"

"Ja, verdammt!"

"Schon gut, Mistress. Natürlich ehrt mich dieses Ersuchen, aber was genau soll –"

"*Tu* es einfach!", stieß sie zwischen den Zähnen hervor, ohne ihren Lauf zu verlangsamen.

Daraufhin hallte MTDs Stimme in höchster Lautstärke über die Lichtung. "Achtung, *Millennium Falke*! Verzögern Sie den Abflug bitte für einen Augenblick, um zwei zusätzliche Passagiere aufzunehmen!"

Tenel Ka schien das Klingeln in ihren Ohren, das MTDs ohrenbetäubendes Gebrüll hinterlassen hatte, ein geringer Preis, als sie sah, wie sich die beinahe schon geschlossene Rampe des *Millennium Falken* wieder nach unten bewegte. Wenige Augenblicke später stürmte sie in die Schleusenkammer.

"Geschafft", ächzte sie, als sie sich auf den Kabinenboden sinken ließ. "Jetzt kann es losgehen!"

Han Solo und die beiden Wookiees sahen sie verwundert an. Der Hinweis war unnötig. Noch während sie redete, schloss sich das Schleusenschott des *Millennium Falken,* und das Schiff hob mit seinen zu allem entschlossenen Insassen ab.

20

Qorl lenkte seinen Einmannjäger mit hoher Geschwindigkeit über das dichte Dschungeldach. Aufgewühlte Luftmassen umtosten die runde Pilotenkanzel und die rechteckigen Solarmodule. Unwillkürlich musste Qorl an seine Ausbildungszeit zurückdenken. Schon damals war er ein ausgezeichneter Pilot gewesen – einer der besten seiner Staffel –, der sich in zahllosen Gefechtssimulationen bewährt hatte und prädestiniert schien, die Ziele des Imperators durchzusetzen.

Widrige Luftströmungen forderten auch jetzt sein ganzes Können, und der Pilot schwelgte in dem Gefühl, endlich wieder einen Einsatz zu fliegen. Trotz der vielen Jahre ohne Trainingsmöglichkeit hatte er nichts vergessen. Die kraftvollen Vibrationen, die von den Antrieben des Jägers ausgingen, in Verbindung mit der wiedergewonnenen Mobilität und der Aussicht auf ein bevorstehendes Ende seines langen Exils, versetzten ihn in ein Hochgefühl.

Qorl ließ seine Blicke über die kunstvoll miteinander verflochtenen grünblättrigen Kronen der Massassi-Bäume schweifen, über die sein Schiff hinwegflog. Der behandschuhte, verkrüppelte Arm erschwerte die Kontrolle über die Maschine – aber damit würde er schon fertig werden. Schließlich war er ein Kampfpilot. Ein *großartiger* Kampfpilot. Hatte er es nicht auch geschafft, beim Absturz seines Jägers trotz eines verheerenden Triebwerkschadens und schwerstem gegnerischen Beschuss die absolute Katastrophe zu verhindern? Und hatte er nicht auch zwei Jahrzehnte unentdeckt auf feindlichem Gebiet überstanden?

Qorl genoss es, zu spüren, wie seine Erinnerungen und seine tief verwurzelten Fähigkeiten zurückkehrten, während er dicht über dem Wald hinwegflog, um einer frühzeitigen Ortung durch die Rebellenbasis zu entgehen.

Das Imperium ist meine Familie. Die Rebellen wollen die Neue Ordnung sabotieren. Sie müssen vernichtet werden – VERNICHTET!

Sein größter Vorteil war das Überraschungsmoment. Der Angriff würde wie aus dem Nichts erfolgen. Die Rebellen mussten davon völlig überrumpelt werden. Er würde mit allem, was er an Waffen besaß, über sie herfallen und sämtliche Gebäude des Rebellenstützpunkts dem Erdboden gleichmachen – sie in Schutt und Asche legen! Diejenigen umbringen, die sich verschworen hatten, den Todesstern zu sprengen, die Darth Vader und den großen Moff Tarkin getötet hatten! Ein einfacher Soldat würde das gesamte Imperium rächen ...

Da!

Er spähte durch das Visier seines Helms. Aus dem dichten Dschungel trat eine Lichtung hervor, und darauf erhob sich ein gewaltiger steinerner Tempel – eine Zikkurat, eine Pyramide mit quadratischer Grundfläche, die den Rebellen als Basis diente!

Qorls Jäger donnerte der alten Rebellenfestung im Tiefflug entgegen. Ein träger, breiter Fluss teilte den Dschungel in der Nähe des Tempels. Auf der anderen Seite des bräunlich grünen Stromes lagen weitere Ruinen, die aber dem Zerfall überlassen schienen.

Als Qorl die große Stromerzeugungsstation neben der mächtigen Zikkurat entdeckte, verlor er auch noch seine letzten Zweifel, dass dieser Ort nach wie vor militärischen Zwecken diente.

Während er den TIE-Jäger in Fluglage für den ersten Angriff brachte, sah Qorl, dass der Dschungel vor der Tempelpyramide gerodet worden war, um eine Landepiste zu schaffen. Auf dieser ebenen Fläche ruhte zur Zeit nur ein einziges Schiff, wie eine Scheibe geformt und vorne mit zwei identisch aussehenden Auswüchsen versehen.

Qorl benötigte einige Sekunden, um den Bautyp des einsamen Schiffes zu erkennen. Offenbar handelte es sich um einen leichten Frachter, nicht um einen Rebellen-X-Flügler oder eine andere Kampfeinheit, die er im Zuge seiner Ausbildung studiert hatte.

Einige Personen rannten vom Tempel auf das Schiff zu. Wollten sie dessen Gefechtsstände besetzen? Seine Lippen kräuselten sich grimmig. Er würde sich um sie kümmern.

Mit einer routinierten Bewegung aktivierte er die Waffensysteme des TIE-Jägers. Aber noch bevor er seine Opfer im Fadenkreuz anvisieren konnte, schafften es die aus der Entfernung winzig anmutenden Gestalten an Bord des Frachters, der seine Zustiegsrampe augenblicklich hochzog und Startvorbereitungen traf.

Qorl verbannte den Leichtfrachter als mögliches Angriffsziel aus seinen Überlegungen – jedenfalls für den Augenblick. Er konnte nicht ausschließen, dass die Rebellen unterirdisch verborgen weitaus ernstzunehmendere Schiffe bereithielten. Deren Aufsteigen und Eingreifen war nur zu verhindern, wenn er einen rechtzeitigen

Schlag gegen die Hangartore führte und sie durch konzentrierten Beschuss unbrauchbar machte, sodass die darin lagernden Waffensysteme gar nicht erst zum Einsatz gebracht werden konnten.

Er kam zu dem Schluss, dass es strategisch am klügsten war, den jetzigen Kurs zu halten und mit sämtlichen Lasergeschützen auf den Haupttempel zu feuern. Wenn es ihm gelang, das gesamte Gebäude zum Einsturz zu bringen, würde er nicht nur die Rebellen schachmatt setzen, sondern auch ihrer gefährlichen Ausrüstung den Giftzahn ziehen!

Anschließend konnte er immer noch eine Schleife fliegen und sich den Frachter vorknöpfen – selbst wenn dieser es in der Zwischenzeit schaffte, vom Boden abzuheben. Danach käme die Generatorstation an die Reihe.

War das logistische Zentrum der Rebellen erst einmal durch den Blitzangriff lahm gelegt, würde Qorls Jäger ein letztes Mal herumschwenken, und die wiederaufgeladenen Laserkanonen würden alle Ziele, die er zuvor verfehlt hatte, treffen, töten, ausradieren!

Vom ersten Schuss bis zum Ende würden nur Minuten vergehen ...

Er nahm den Tempel ins Fadenkreuz und zielte auf dessen mit Fenstern und antiken, pflanzenüberwucherten Skulpturen geschmückte Spitze. Die Zielerfassungsautomatik des TIE-Jäger zoomte das Gebäude nahe heran.

Qorl hielt den Steuerknüppel mit seiner gesunden Hand fest umklammert, wartete den optimalen Moment ab und presste den Daumen gegen den Auslöser der Bordgeschütze.

Die Vorfreude erhellte sein sonst so ausdrucksarmes Gesicht.

Nichts!

Er drückte den Knopf wieder und wieder – *aber es passierte rein gar nichts!*

Die Geschütze reagierten einfach nicht.

Qorl wurde in den Sitz gedrückt, als er den TIE-Jäger in einem Gewaltakt aus dem Kurs riss, um das Ziel noch einmal ins Visier nehmen zu können. Doch auch dieser Versuch scheiterte. Die Laserkanonen blieben stumm.

Qorls Augen überflogen die Anzeigetafeln, aber alle Werte schienen normal. Wütend hämmerte er mit der behandschuhten Faust auf die Instrumentenkonsole, als könnte dies irgendetwas ändern – tatsächlich hatte es in der fernen Vergangenheit sogar manchmal geholfen.

Aber nicht in diesem Fall.

Völlig außer sich suchte er nach dem Fehler, wühlte sogar unter den Pultverkleidungen, um eine Möglichkeit zu schaffen, die Waffensysteme auf direkterem Wege auszulösen. Ratlos tastete er unter seinem Sitz herum, in der Hoffnung, ein Kabel zu finden, mit dem er den Defekt überbrücken und die Laserkanonen doch noch aktivieren konnte.

Das Glitzern, das sich im dunklen Visier seines Helmes spiegelte, erfasste Qorl nur aus dem Augenwinkel heraus. Erst als er näher hinsah, bemerkte er, dass sich zu seinen Füßen etwas *bewegte* ... etwas Gewundenes, in seiner Transparenz kaum Wahrnehmbares, dessen Reflexionen eher zufällig wirkten ...

Direkt neben ihm richtete sich die Kristallschlange auf. Ihr Dreieckskopf war nicht mehr als der zarte Hauch eines Regenbogens inmitten der Cockpitbeleuchtung.

Qorl, der viele Tiere während seines Exils auf Yavin 4 kennengelernt hatte, wusste sofort, womit er es zu tun hatte – und reagierte.

Mit einem Aufschrei der Bestürzung versuchte er, die Schlange zurückzustoßen. Doch blitzschnell grub sie ihre Zähne in den verkrüppelten Arm, mit dem er sie abwehren wollte. Die dolchartige Fänge der Kristallschlange durchbohrten das dicke Leder von Qorls Stulpenhandschuh, schafften es aber nicht, bis zu seiner Haut vorzudringen.

Bei den heftigen Bewegungen, mit denen Qorl die Kristallschlange abzuschütteln versuchte, spürte er deren beachtliches Gewicht, das in keinem Verhältnis zu ihrer fast völligen Transparenz stand.

Der TIE-Jäger flog führerlos, als der Pilot auch seine gesunde Hand einsetzte und den biegsamen Reptilienkörper dicht hinter dem Kopf packte. Mit einem Ruck befreite er sich von dem Biest, das sich in seinen Handschuh verbissen hatte, stopfte die zuckende Kreatur voller Ekel in den Abfallschacht des Cockpits und betätigte den Entsorgungsmechanismus. Im hellen Sonnenlicht augenblicklich verblassend, fiel die herausgeschleuderte Schlange unsichtbar den Baumkronen des Dschungelmonds entgegen.

Verzweifelt bemühte er sich darum, die Kontrolle über sein gefechtsunfähiges Schiff zurückzuerlangen. Irgendetwas mussten die Zwillinge bei ihren Reparaturarbeiten sabotiert haben ...

Er schaffte es, die Maschine in den Griff zu bekommen – bevor er sich aber Gedanken über den neuen Kurs machen konnte, fauchten die grellen Bahnen einer gegnerischen Laserkanone durch die Luft. Energetische Strahlen brachten die Atmosphäre um Qorls TIE-Jäger herum zum Kochen.

Die gesunde Hand des Imperialen bediente den Steuerknüppel, und er zwang den Jäger in eine radikale Kursänderung nach Steuerbord. Der gestartete Leichtfrachter der Rebellen verfolgte Qorl wie ein Raubvogel. Und *seine* Waffen funktionierten offenbar störungsfrei.

Qorl gab volle Energie auf die Ionenantriebe und entschied, dass seine momentan einzige Chance darin lag, sein Heil in der Flucht zu suchen.

Im Herzen des Dschungels hockten Jaina und Jacen in tiefer Konzentration versunken neben Qorls primitiver Behausung. Die Macht versetzte sie in die Lage, sich ein Bild davon zu machen, was bei der Jedi-Akademie vorging. Ihre Kräfte reichten nur für schemenhafte Eindrücke, die an die Echos fremder Gedanken erinnerten ... Doch es war mehr als nichts.

"Er konnte sich offenbar nicht vorstellen, dass wir niemals in Erwägung gezogen hatten, die Waffensysteme mit dem Kontrollstand zu vernetzen ... Er hat uns nicht einmal darauf angesprochen", flüsterte Jaina. "Kurz vor seinem Abflug schaffte ich es, die Geschützanzeigen so zu justieren, dass sie einen intakten Eindruck erweckten. Der Jäger fliegt – aber er ist vollkommen wehrlos."

"Ja, und ich schätze, dass die Kristallschlange das ihrige zu Qorls Verwirrung beigetragen haben dürfte", ergänzte Jacen. "Ich frage mich, was aus ihr geworden ist ..."

Die Erleichterung ließ sie schmunzeln.

"Wir sollten jetzt versuchen ", sagte Jacen und blickte zum klaren Morgenhimmel, der durch die Bäume schimmerte, "nach Hause zu kommen!"

Jaina schob eine vorwitzige Strähne ihres sonst glatt fallenden braunen Haars aus dem Gesicht und holte tief Luft. "Einverstanden!" Sie klatschte in die Hände. "Worauf warten wir noch?"

21

"Haltet euch fest!", schrie Han Solo.

Während der *Millennium Falke* von dem zertrampelten Landefeld vor dem alten Tempel abhob, erreichte Tenel Ka mit einiger Mühe einen Sitz neben Lowbacca und schnallte sich an.

"Dieser TIE-Jäger kommt immer näher, und er sieht nicht gerade freundlich aus", sagte Han, während er und sein Wookiee-Kopilot mit schlafwandlerischer Sicherheit Einstellungen am Kontrollpult vornahmen und die Waffensysteme aktivierten. "Ich hoffe, dass es Tionne gelungen ist, alle Schüler in Sicherheit zu bringen ..."

Sie kippten in ihren Sitzen nach hinten, als der *Falke* sich hoch in die Luft schwang und mit Sublichtimpuls beschleunigte. Indessen stieß der TIE-Jäger wie ein röhrender Sturmbock aus dem Himmel herab.

Han Solo machte einen grimmig entschlossenen Eindruck, als er die Kontrollen übernahm. Sein Mund war geschlossen, seine Schultern gestrafft. Die Ungewissheit, was aus seinen Kindern geworden war, nagte in ihm. Es war nicht auszuschließen, dass das imperiale Fossil die beiden getötet hatte – wie er zuvor versucht hatte, Lowbacca und Tenel Ka umzubringen.

Tenel Ka wäre froh gewesen, ihn, was das anging, beruhigen zu können, aber sie wusste selbst nichts Verlässliches. Die von dem Gewaltmarsch durch die Wildnis rührende Erschöpfung begann sich jetzt erst richtig bemerkbar zu machen. Sie schob die Gurte auf dem Reptilienpanzer zurecht, der ihren Brustkorb schützte. Sofort erklang das dünne Stimmchen des Übersetzerdroiden: "Verzeihen Sie bitte, Mistress Tenel Ka, aber ich vermag nichts mehr zu sehen! Ihr Sicherheitsgurt blockiert meinen optischen Sensor ...!"

Nachdem Tenel Ka das flache, silbrig glänzende Gerät von seiner Einschränkung befreit hatte, gab MTD so etwas wie einen Seufzer der Erleichterung von sich. "Ah, ja ... *viel* besser. Jetzt sehe ich wieder perfekt ... Oh, du gute Güte!" Sein Ton wurde von Entsetzen gefärbt. "Haben Sie mich etwa aus der Gewalt wilder Tiere gerettet, nur damit ich im Feuer eines TIE-Jägers enden kann ...?"

Lowies Blick zuckte voller Überraschung und Freude zu dem winzigen Übersetzerdroiden.

"Klar ist es deiner, Lowbacca", nickte Tenel Ka. "Ich fand ihn im Dschungel." Sie händigte dem jungen Wookiee MTD aus, der den Droiden mit dankbarem Blöken entgegennahm.

Han Solo riss den *Falken* in engem Bogen herum. Die Antriebsaggregate protestierten, als er die Verfolgung des TIE-Jägers aufnahm. "Er ist in Schussposition", kommentierte Han. "Aber aus irgendeinem Grund feuert er seine Waffen nicht ab ..."

Durch die Fenster des Cockpits beobachtete Tenel Ka, wie der TIE-Jäger, an dessen Reparatur sie beteiligt gewesen war, sich mit offensichtlichen Zerstörungsabsichten dem Großen Tempel näherte – und kurz vor dem Gebäude wieder hochgezogen wurde, ohne auch nur einen einzigen Schuss abgefeuert zu haben.

"Ich lenke seine Aufmerksamkeit auf uns, Chewie",

kündigte Han an. "Öffne du einen Kommunikationskanal. Dieser Kerl hat etwas mit meinen Kindern angestellt – und ich will wissen, was!"

Chewbacca brummte und streckte einen seiner dicht behaarten Arme aus, um die entsprechenden Schaltungen auf dem Instrumentenbord des *Millennium Falken* vorzunehmen.

Han feuerte zwei Warnschüsse ins Blaue. Die blendend hellen Energiestrahlen streiften die viereckigen Flügel des TIE-Jägers – umwaberten sie, fügten ihnen aber keinerlei Schaden zu.

"Achtung, TIE-Pilot!", rief Han ins Mikrofon. "Dein Weg endet hier, wenn du mir nicht augenblicklich sagst, wo ...", er machte eine kurze Pause, "... wo sich die beiden jungen Jedi-Ritter aufhalten! Deine Maschine befindet sich im Zentrum meiner Zielvorrichtung – das nur, um dir die einzige Wahl zu erleichtern, die ich dir lasse: Entweder du ergibst dich augenblicklich, oder ich zerblase dich in deine Atome!"

Barsch kam es über das Kommunikationssystem zurück: "Kapitulation wäre Verrat!" Bevor Han etwas darauf entgegnen konnte, kappte der Pilot die Verbindung.

Der TIE-Jäger jagte in einer fast unmöglich steilen Flugbahn nach oben und schraubte sich in den Himmel, das dichte Grün des Waldes weit unter sich lassend.

"Wie du willst", knurrte Han. Seine Wut war offensichtlich. "Dieser prächtige alte Kahn hat in seinen besten Tagen viele TIE-Jäger das Fürchten gelehrt. Auf einen mehr oder weniger kommt es nicht an ... Schnappen wir ihn uns, Chewie!"

Chewbacca beugte sich über die Kontrollen, und fast im gleichen Augenblick ging ein Ruck durch das Schiff, der alle Anwesenden in die Sitze presste. Mit atemberaubender Geschwindigkeit jagte der Falke seinem Opfer hinterher.

MTD jammerte: "Oh, nein! Ich kann das gar nicht mitansehen. Jemand möge meine Optik bedecken ...!"

Han nahm sich einen Moment Zeit, dorthin zu blicken, wo Lowbacca den Droiden in seinem Schoß wiegte. "Es ist, als hätten wir 3PO bei uns. Ich komme immer mehr zu der Überzeugung, dass sein Programm einer dringenden Überholung bedarf!"

"Ach, du gute Güte", entfuhr es MTD.

Im hinteren Teil der Kanzel knurrte Lowbacca einen Vorschlag, der von seinem Onkel lautstark unterstützt wurde.

"Prima Idee", sagte Han. "Probieren wir es zuerst mit dem Traktorstrahl. Vielleicht – wirklich nur vielleicht – können wir das Schiff herunterholen, ohne es zu zerstören. Auf diese Weise würden wir möglicherweise doch noch die Informationen erhalten, die wir brauchen. Wenn wir ganz lieb 'bitte' sagen, zeigt er sich eventuell kooperativer."

Chewbacca richtete den Erfassungsbereich des Traktorstrahlgenerators aus und entsandte einen unsichtbaren Strahl, der ein Kraftfeld um das imperiale Schiff weben und es stoppen sollte.

In demselben Moment, als der Traktorstrahl sich an ihm verhakte, geriet der TIE-Jäger ins Taumeln und bekam Schlagseite – aber der Pilot taktete den Schub seiner beiden Ionentriebwerke so geschickt, dass es ihm gelang, sich noch einmal loszureißen und in einer so engen und riskanten Korkenzieherspirale nach oben zu entkommen, dass sich selbst Han zu einem leisen Pfiff genötigt sah, um seine verhaltene Anerkennung zu bekunden. "Dieser Bursche ist verdammt gut", seufzte er. "Ihm nach, Chewie! Höchstgeschwindigkeit!"

Der TIE-Jäger jagte bereits wieder, als sähe er dort seine einzige Hoffnung auf eine erfolgreiche Flucht, hinab in Richtung auf das dichte Laubdach der Massassi-Bäume. Er wich ein paar verkohlten Ästen aus, die wie geschwärzte Hexenfinger herausragten, nachdem ein Blitz oder ein Waldbrand diese Stelle des Dschungels irgendwann einmal heimgesucht hatte, glitt noch tiefer, um dem Strom des mäandernden Flusses zu folgen, und überflog üppig begrünte Uferregionen – immer haarscharf verfolgt vom *Millennium Falken.*

Wäre es nur eine Frage der Geschwindigkeit gewesen, hätten die leistungsstärkeren Maschinen des *Falken* den TIE-Jäger schnell einholen und zu Boden zwingen müssen. Aber die überlegene Wendigkeit des kleinen Schiffes machte sich zwischen den gefährlich eng stehenden Baumkronen bezahlt und bescherte dem Piloten einen klaren Vorteil.

Dafür verbuchte Han Solo offenbar Pluspunkte, was seine größere Entschlossenheit anging. Der Grund war kein Geheimnis. "Was hast du mit meinen Kindern gemacht?", schrie er in den offenen Kommunikationskanal.

Er erwartete keine Antwort, aber zu jedermanns Überraschung gab der Pilot mit kühl berechnender Stimme zurück: "Deine Kinder, Pilot? Als ich sie zurückließ, waren sie noch am Leben – aber der Dschungel ist ein mitleidloser Ort. Niemand weiß zu sagen, ob sie lange genug aushalten werden, um gefunden und gerettet zu werden ..."

Tenel Ka durchschaute die kluge Strategie. "Es ist ein Trick", zischte sie. "Er will, dass Ihr die Verfolgung abbrecht und statt dessen –"

"Ich weiß." Han sah sie flüchtig an. Sein Gesicht wirkte blass. "Aber was, wenn es stimmt?"

Der TIE-Pilot nutzte Hans kurzes Zögern, um die letzte Fluchtchance zu ergreifen, die sich ihm bot: Pfeilgerade stieg er in den Himmel und geradewegs weiter ins Weltall. Die beiden Ionentriebwerke grollten bereits in den dünneren Atmosphäreschichten.

Chewbacca stieß ein überraschtes Gebell aus. Ohne Hans Befehle abzuwarten, schob der Wookiee den Beschleunigungshebel auf die höchste Stufe. Der *Falke* donnerte dem TIE-Jäger auf einer Säule weißer Hitze, die dem Sublichtantrieb entwich, hinterher.

Die krasse Beschleunigung warf Tenel Ka wieder in ihren Sitz zurück. Sie schnitt eine Grimasse, als die Schwerkraftfaust ihre Haut straffte, und schloss die Augen. Neben ihr stöhnte Lowbacca wegen ähnlicher Probleme. Nur Han und Chewie schienen es gewohnt zu sein, ihre Körper solchen Belastungen auszusetzen.

Der helle, milchig-blaue Himmel verdüsterte sich zunehmend und gewann, während sie immer höher glitten, eine tiefpurpurne Tönung. Funkelnde Sterne empfingen den *Falken* in der ewigen Nacht des Weltalls. Die trübe Aura um den orangenen Gasgiganten Yavin beherrschte den größten Teil des Kanzelausblicks.

Der TIE-Jäger flog Zickzackkurs, um seine Verfolger abzuschütteln. Er wechselte die Richtung in Zufallsintervallen, was ihn mit Bestimmtheit einen Großteil seines Treibstoffs kostete.

"Vielleicht gelingt es uns doch noch, sein Schiff einzufangen, wenn wir den Antrieb ausschalten." Hans Stimme klang angespannt.

Chewbacca übernahm das Steuer des *Falken*, während

Han die Waffensysteme checkte. "Unmöglich, das Ziel lange genug zu erfassen", sagte er.

Der TIE-Jäger zog an dem Dschungelmond vorbei, der wie ein grünes Juwel leuchtete.

Auch als die Maschine des Imperialen ein erneutes Manöver flog, mit dem der Pilot Kopf und Kragen riskierte, blieb der *Falke* dicht an ihm dran. Han feuerte wiederholt mit den Lasergeschützen – aber die scharlachroten Strahlen verfehlten jedesmal ihr Ziel, bis Han mit der Faust auf die Kontrolltafel einhieb und fluchte: "Halt endlich eine Minute still!"

Als hätten höhere Mächte den Wunsch erhört, harrte der TIE-Jäger plötzlich tatsächlich für längere Zeit in der Mitte des Fadenkreuzes aus. Das Instrument signalisierte die Zielerfassung, und Han schrie vor Anspannung leise auf.

"Jetzt habe ich dich!" Er drückte beide Auslöser auf einmal.

Im letztmöglichen Augenblick schoss der TIE-Jäger jedoch mit einem jähen Satz nach vorn und verlor sich in einer Lichtentladung, die die Farbe geschmolzenen Metalls besaß. Die Maschine hatte sich über die Lichtgeschwindigkeit hinaus katapultiert – und war effektvoll in den Hyperraum eingetaucht ...

"Ich kann nichts dafür", sagte Han Solo, während er ungläubig auf die Stelle starrte, an der der TIE-Jäger verschwunden war. Ohnmächtig fielen seine bebenden Hände von den Kontrollen des Geschützstandes. "Seit wann besitzen TIE-Jäger einen Hyperantrieb? Es sind Kurzstreckenmaschinen ..."

Lowbacca grummelte eine Erklärung. Tenel Ka, obwohl sie kein Wort verstand, nickte beipflichtend.

"Jaina hat *was* getan?" Han klang zweifelnd. "Aber dieses Hyperaggregat war zum Herumbasteln gedacht – bestimmt nicht zum Einbau in einen Jäger! Sie wird mir einiges zu erklären haben, wenn ich sie –" Er brach ab, als ihm bewusst wurde, dass seine Kinder verschollen waren und möglicherweise genau in diesem Augenblick in höchster Lebensgefahr schwebten. "Vergesst den TIE-Jäger. Nehmen wir die Suche nach den Zwillingen auf!"

Eine sofortige Kursänderung ließ den *Falken* in die smaragdgrüne Atmosphäre von Yavins Dschungelmond zurückfallen.

22

Als sie die winzige Lücke im Dschungel betrachteten, wo das Wrack des TIE-Jägers zwei Jahrzehnte lang vor sich hin gerottet hatte, kamen Jaina und Jacen zu dem Schluss, dass sie größere Chancen hatten, gerettet zu werden, wenn sie es schafften, auf das Dach des Waldes zu gelangen – ganz egal wie schwer ihnen das fallen würde. Falls man nach ihnen suchen würde, konnten sie sich dort oben wesentlich eher bemerkbar machen als hier unten in den Tiefen des Dschungels.

Doch zunächst stopften sie sich an der Absturzstelle und in Qorls Lager die Taschen mit allem voll, wovon sie sich einen späteren Nutzen erhofften. Die Jedi-Philosophie befürwortete ausdrücklich den Einsatz von Hilfsmitteln.

Schließlich fanden sie einen Massassi-Baum, dessen Fülle von dichten Zweigen und herabhängenden Schlingpflanzen einigermaßen viel versprechend aussah. Sie blickten prüfend hinauf, sahen sich dann einige Sekunden lang in die Augen – und begannen den langwierigen, schweißtreibenden Aufstieg. Beide erinnerten sich noch sehr gut daran, wie sie sich vor gar nicht allzu langer Zeit die Macht zunutze gemacht hatten, um mit Tenel Ka das Dach des Großen Tempels zu erklimmen.

Jaina und Jacen waren ziemlich zerschunden, als sie die oberen Äste schließlich erreicht hatten. Die Wunden, die sie sich bei dieser Tortur zugezogen hatten, waren verschmutzt und schmerzten entsprechend. Doch zu ihrem eigenen Erstaunen zogen sie neue Kraft aus der bewältigten Leistung.

In einer nestartigen Mulde des dichten Dschungeldachs versuchten sie, ein kleines Feuer zu entzünden, um Rauchzeichen in den Himmel zu schicken. Jacen hatte Blätter und Zweige gesammelt und sie über ein verbogenes Stück Plastik geschichtet, das von den Reparaturarbeiten am TIE-Jäger übrig geblieben war.

Jaina hatte Tenel Kas Feuerzeug an sich genommen, doch anscheinend hatte ihre Freundin vergessen, es wieder aufzuladen. Als das fingergroße Werkzeug losspuckte und nur ein paar Funken versprühte, löste Jaina die Verkleidung und benutzte ihr Multiwerkzeug, um das Innenleben etwas umzubauen. Indem sie sämtliche noch vorhandene Stromreserven bündelte, gelang es ihr, eine letzte auflodernde Flamme zu erzeugen und damit den Haufen zu entzünden.

Die saftig grünen Blätter brannten nur zögernd, und das Feuer erzeugte einfach nicht genug Hitze, um richtig in Gang zu kommen. Trotzdem hofften sie, dass der sich nach oben schlängelnde graublaue Rauch Aufmerksamkeit erregen und ein klares Signal für jeden sein würde, der nur die Augen aufhielt.

Natürlich konnten sie nicht sicher sein, dass überhaupt jemand auftauchen würde. Wenn Lowbacca oder Tenel Ka es nicht zurück zur Akademie geschafft hatten, gab es für die anderen nicht das geringste Indiz, wo sie mit der Suche nach ihnen beginnen sollten.

"Es wäre bestimmt nicht die schlechteste Idee, das nächste Mal jemanden in unser Vorhaben einzuweihen und ihn wissen zu lassen, wohin wir gehen, was meinst du?", sagte Jaina, während sie in die entmutigende blaue Leere spähte.

"Da könntest du Recht haben", pflichtete Jacen ihr bei und nahm neben ihr auf einem der Äste Platz. Als er das Kinn auf die Fäuste stützte, rann ihm der Schweiß über das Gesicht. "Wie wäre es mit einem kleinen Witz?"

"Bitte nicht", antwortete Jaina sehr bestimmt. Sie wischte sich mit dem zerrissenen Ärmel ihres Overalls über die Stirn, suchte weiter den Himmel ab und genoss die leichte Brise, die aufkam und das Flüstern von Millionen Blättern herantrug.

Jacen legte noch mehr Brennbares nach.

Plötzlich setzte Jaina sich kerzengerade auf. "Da, sieh nur!" Sie zeigte nach oben, wo ein weißer, zunächst nur sternengroßer Punkt allmählich anwuchs und wie Silber erstrahlte. Der erzeugte Schall rollte wie Donnergrollen über den Himmel von Yavin 4. "Es ist ein Schiff!"

Jacen schloss die Augen. Er lächelte zuversichtlich. Dann blinzelten sich die Zwillinge zu. "Es ist der *Falke*", riefen sie wie aus einem Mund.

"Meinst du, Dad kann uns spüren?", fragte Jacen.

"Ich glaube nicht", erwiderte Jaina. "Zumindest nicht mit der Macht. Aber warte ..." Sie schloss erneut die Augen und streckte ihre Jedi-Fühler aus. "Lowie ist bei ihm!"

"Und Tenel Ka auch", nickte Jacen. "Es geht ihnen gut!"

Jaina lachte übermütig. "Hattest du von jungen Jedi-Rittern anderes erwartet?"

Sie mussten ihre Rauchzeichen gesichtet haben, denn der *Falke* steuerte nun direkt auf sie zu. Hoch auf dem Dach des Waldes reckten sich die Zwillinge und winkten. Als er sich näherte, schien der kampferprobte und vernarbte Frachter das Schönste zu sein, das sie je zu Gesicht bekommen hatten.

Das große Schiff brachte sich mit einem exakt berechneten Schub seiner Impulstriebwerke über ihnen in Stellung. Lose Zweige wirbelten auf, aber die Zwillinge stemmten sich erfolgreich gegen den aufbrausenden Wind und streckten die Arme nach oben, als sich die Bodenluke des *Falken* öffnete.

Chewbaccas zottiger Arm tauchte auf. Er griff nach Jacens Hand und zog ihn ins Schiff, als wäre er nur ein leichtes Gepäckstück. Augenblicke später tauchten Lowies rötlich-behaarte Pranken nach unten und kümmerten sich um Jaina.

Han verließ den Leitstand und eilte seinen Kindern entgegen, um sie in die Arme zu schließen. "Ihr seid am Leben – unverletzt!" Nach diesem Ausruf trat er einen Schritt zurück und betrachtete sie mit einer Mischung aus Erleichterung und immer noch nicht ganz abgeklungener Besorgnis. "Tut mir leid, dass ich so spät komme ..."

"Ist schon in Ordnung", antwortete Jacen. "Wir wussten jedenfalls, dass wir uns auf dich verlassen können!"

Auch Tenel Ka und Lowie begrüßten die Zwillinge, drückten sie fest an sich und klopften ihnen begeistert auf die Schultern.

"Hurra, hurra!", stimmte die blecherne Stimme des Droiden an Lowies Gürtel ein. "Wenn *das* kein Grund zum Feiern ist!"

"Erst, wenn wir zur Jedi-Akademie zurückgekehrt sind! Ich bin sicher, dass man sich dort noch eine Menge Sorgen um uns macht", bremste Han den Überschwang. "Wir werden ihnen einiges zu erzählen haben ..."

Tage später, nachdem der *Falke* den T-23 von dort zurückgeschleppt hatte, wo er in die Baumkronen gestürzt war, arbeiteten Lowbacca und Jaina auf der schattigen Landepiste des Großen Tempels und behoben die Schäden des Skyhoppers so gut es ging. Jaina streckte ihr ölverschmiertes Gesicht aus dem Maschinenraum und schaute sich um.

Ihr Blick fand Jacen, der, tief auf den Boden gebückt, quer über den Platz lief und offenbar versuchte, einen achtbeinigen Eidechsenkrebs für seine Sammlung zu ergattern. Wie gewöhnlich hatten sich abgerissene Blätter und Grashalme in seinem Haar verfangen. Das verfolgte Tier huschte von links nach rechts und umgekehrt, verzweifelt bemüht, irgendwo in dem kurzgemähten Gras der Lichtung ein Versteck zu finden.

Von einem großen dunklen Schatten angelockt, entkam der Eidechsenkrebs schließlich erfolgreich Jacens Reichweite, indem er sich unter dem T-23 verkroch. Jaina kicherte, weil ihr Bruder gerade noch rechtzeitig abbremsen konnte, um sich nicht den Kopf am Rumpf des Skyhoppers anzuschlagen.

Achselzuckend lehnte er sich gegen die Maschine und klopfte sich den Dreck von der Kleidung. "Na, was soll's", sagte er grinsend. "Dann eben das nächste Mal."

"Wenn du schon mal da bist, könntest du mir gerade den Hydroschraubenschlüssel reichen", sagte Jaina.

Jacen bückte sich, wühlte im Werkzeugkasten, der im Gras stand, und reichte das Werkzeug nach oben.

"Konzentrier du dich auf den Bordcomputer, Lowie", kommandierte Jaina gewohnt forsch, als sie den weiteren Verlauf der Reparaturen besprachen. "Darin bist du der Größte."

Nach einem zustimmenden Knurren des Wookiees fügte sie hinzu. "Mach dir nur keine Sorgen um den Antrieb. Ich werde ihn in kürzester Frist wieder tiptop zum Schnurren bringen!"

"Hättet ihr etwas dagegen, wenn ich euch ein bisschen helfen würde?", fragte eine ruhige Stimme hinter ihnen.

"Onkel Luke!" Jaina sprang hoch und drehte sich zu ihm um. "Seit wann bist du zurück?"

"Seit heute Morgen", sagte Luke Skywalker und bewunderte die Maschine. "Wenn ihr Hilfe brauchen könnt, ich kenne mich einigermaßen mit diesen Turbobeschleunigern hier aus ..." Er lächelte, als kostete er eine besonders angenehme Erinnerung aus. "Wisst ihr, ich hatte auch einmal ein kleines Schiff wie dieses ... einen T-16 Skyhopper. Er war mein ganzer Stolz damals, als ich aufwuchs auf –"

Genau in diesem Augenblick trat Tenel Ka aus einem Tor jenes Tempelbereichs, in dem einst die X-Flügler der Rebellen untergebracht gewesen waren.

"Entschuldigt mich für einen Augenblick", sagte Luke. Er wandte sich um und hob die Hand zu einem herzlichen Gruß. Dann lief er hinüber zu Tenel Ka und unterhielt sich eine ganze Zeit lang so angeregt mit ihr, als wäre sie eine gute alte Freundin. Die Aufmerksamkeit, die der berühmte Jedi-Meister ihr zukommen ließ, zauberte dem jungen Mädchen von Dathomir einen mehr als untypischen eingeschüchterten Zug ins Gesicht.

"Machen wir weiter", sagte Jaina. Sie öffnete eine Innenverkleidung mit dem Multiwerkzeug und vertiefte sich wieder in ihre Arbeit an den Antriebssystemen des T-23. Jacen durchstreifte bereits wieder wie ein Reptil den kurz geschnittenen Bodenbewuchs und hielt nach einem weiteren interessanten Exemplar für seine Menagerie Ausschau.

Lowbacca nahm ein Gewirr von Kabeln unter den Kontrollen des Cockpits unter die Lupe und begann, sie nach Farbe und Funktion zu sortieren. Während der Arbeit brummte er im Selbstgespräch, und Jacen konnte hören, wie MTD automatisch zu übersetzen anfing. Als dann klackend etwas Metallisches auf die Bodenplatten aufschlug, steckte Jacen den Kopf in den T-23. Lowbacca hatte MTD rein versehentlich von seinem Gürtel gestreift und hinfallen lassen.

Der Miniatur-Übersetzerdroide sah das offenbar anders und beschimpfte den jungen Wookiee mit höchster Lautstärke. "Also wirklich, Master Lowbacca, bemühen Sie sich doch, etwas vorsichtiger zu sein! Jetzt haben Sie mich schon wieder fallen gelassen, und das aus grober Unachtsamkeit. Wie würde es wohl Ihnen gefallen, wenn man *Ihren* abgetrennten Kopf auf den Boden aufschlagen ließe? Ich bin ein besonders wertvolles Ausrüstungsstück, und Sie sollten besser auf mich aufpassen. Wenn meine Relais Schaden nehmen, werde ich nicht mehr in der Lage sein, Sie zu übersetzen. Und was würde dann aus Ihnen werden? Ich kann einfach nicht glauben –"

Knurrend schaltete Lowbacca MTD ab und brummte selbstzufrieden über diesen Entschluss.

Jacen folgte Jainas Blick in den tiefblauen Himmel und wusste genau, woran sie dachte. "Glaubst du, dass Qorl es je nach Hause schaffen wird?"

"Selbst wenn, bezweifele ich, dass er das vorfinden wird, was er erwartet", antwortete sie. "Es wäre für ihn besser gewesen, hier bei uns zu bleiben."

Als sie sahen, dass Luke Skywalker und Tenel Ka zurück zum Skyhopper schlenderten, kletterten Lowie und Jaina aus dem zerlegten Cockpit, um sich neben Jacen zu stellen.

Luke besah sich den Turbobeschleuniger und strich mit den Fingerspitzen über den glatten Rumpf. "Früher, auf Tatooine, düste ich mit meinem T-16 für gewöhnlich durch den Beggar's Canyon, um Wompratten zu jagen."

Jacen und Jaina musterten ihren Onkel erstaunt. Es fiel ihnen sichtlich schwer, sich den kühle Ruhe ausstrahlenden Jedi-Meister als todesmutigen Draufgänger vorzustellen.

Lukes Mund verzog sich zu einem versonnenen Lächeln. "Damals führte ich ein ganz anderes Leben als heute ..." Er drehte sich den jungen Jedi-Rittern zu. "Wenn ihr dieses Ding repariert habt, würde ich gerne eine Runde mit euch fliegen – falls das in Ordnung geht."

Sie sahen ihn noch verblüffter an. Lowie murmelte etwas für seine Freunde absolut Unverständliches und räusperte sich nervös.

"Ich hoffe, dass du dich hier bei uns wohl fühlst, Lowbacca", sagte Luke und nickte dem jungen Wookiee zu. "Ich weiß, dass es schwer ist, von zu Hause wegzugehen und an einem fremden Ort zu sein, aber ich sehe, dass du schon gute Freunde gefunden hast."

Sein Blick schweifte zu den anderen. "Ich bin stolz auf euch alle", sagte er. "Ihr habt euch unter sehr kritischen Umständen bewährt, und es fiel gar nicht auf, dass ich nicht hier war, um euch zu unterstützen. Ihr besitzt großes eigenes Potential – aber um richtige Jedi-Ritter zu werden, braucht ihr noch viel Übung."

Die Studenten nickten. "Das ist eine Tatsache", sagte Tenel Ka ernst.

"Ihr seid jung, und es gäbe eine Menge, was ihr mit eurem Leben anfangen könntet", sagte Luke. "Seid ihr immer noch sicher, dass ihr Jedi-Ritter werden wollt?"

Ihre begeisterten Rufe kamen wie aus einer Kehle. Lowbaccas lautes Gebrüll hatte solchen Nachdruck, dass, obwohl MTD abgeschaltet war, niemand eine Übersetzung brauchte, um seine Bedeutung zu verstehen.

STAR WARS
DIE DROIDEN
Was trieben eigentlich R2-D2 und C-3PO, bevor Prinzessin Leia sie mit einem Hilfegesuch zu Obi-Wan Kenobi schickte? Dieses Rätsel lüften drei Bände voller aufregender Abenteuer in der Reihe der STAR WARS-Comics bei Carlsen.
-Die Droiden
-Die Rebellion der Droiden
-Der Kampf der Droiden
STAR WARS
DER KAMPF DER DROIDEN
Williams
Parrota
CARLSEN COMICS
Überall, wo's Bücher und Comics gibt.
© Lucasfilm Ltd. San Rafael, CA

Star wars - young jedi knights
vgs

Die Hüter der Macht. - 1. Aufl. - 1997
ISBN 3-8025-2458-6 fest geb. : 22,00

Die Zwillinge Jacen und Jaina, Kinder von Prinzessin Leia und Han Solo und Jedi-Ritter der neuen Generation stoßen auf Überreste eines imperialen Jagdflugzeuges. Jaina glaubt, den Flieger reparieren zu können und schmuggelt heimlich Ersatzteile aus der Akademie. (SL)
(R 11)